エレジーは流れない

三浦しをん

双葉社

エレジーは流れない

一、

気がつくと足もとが一面真っ赤に染まっている。

うお、なんだこれ。と思った瞬間、五メートルほどさきに黒い塊が転がっているのが目に入った。ひとじゃないか？　急に心臓が激しく鼓動しはじめ、血の気が引いたのに額に汗がにじむのを感じた。

まさか俺、とうとうやっちゃったんだろうか。でも、顔も知らないやつをどうやって……。見たくないという思いと、たしかめなければという思いがせめぎあって、震える足を一歩踏みだしたとき、

「おーい」

と、どこからか聞き慣れた声がした。「おーい、イモ焼こー」

ばか、イモの話なんかしてる場合じゃねえよ。そう返そうとして、あれ？　とまばたきする。黒い塊がいつのまにか、真っ赤な落ち葉の山に変わっていた。たしかに焼きイモの準備っぽい。かさ、かさ、と色づいた葉が地面に降り積もる。見上げると青空を覆いつくさんばかりに、見事な紅葉《もみじ》が枝をのばしていた。

なんだ、よかった。そういえば紅葉狩りに来てたんだっけ。でも、山で勝手に焼きイモなんて

していいのかな。

首をかしげたところで、穂積怜《ほづみれい》は目を覚ました。染みと節穴だらけの天井。電気の笠はプラスチック製で、オレンジ色の花がプリントされている。きわめてださい。うん、俺の部屋だ。

布団を剝《は》いで身を起こす。カーテンの隙間から畳に朝の光が射していた。畳んだ布団を四畳半の部屋の隅に寄せ、壁にかかった高校の制服に着替えた。大あくびをしながらブレザーを羽織り、ネクタイをゆるく締める。

怜の部屋は二階にあるが、カーテンと窓を開けても空は見えない。商店街のアーケードに覆われているからだ。アーケードからはポリ塩化ビニルでできた安っぽい紅葉の飾りがぶらさがっていて、吹き抜ける風に揺られ、かさ、かさ、と音を立てていた。

まちがいなく、夢の原因はこれだ。餅湯《もちゆ》温泉駅前商店街が、いまだに前世紀的感性に基づいて装飾をしているのがいけない。

ナイロン製の紺色のスクールバッグを手に、部屋を出た。みそ汁のいいにおいがする。薄暗い廊下を挟んだ向かいの台所で、母親の寿絵《としえ》が朝食の準備をしていた。怜の家は商店街で土産物屋を営んでいるので、一階が店舗、居住空間はすべて二階に詰めこまれたつくりだ。怜はこれがふつうだと思っていたのだが、小学生のころ、商店街以外の友だちの家へ遊びにいくようになってはじめて、一階に居間がある住宅のほうが多いのかもしれない、と気がついた。「ふつう」はひとつではなく、いろいろな種類があることこそがふつうなのだと、子どもながらに感じた。

これまた前世紀的な玉暖簾《たまのれん》をひょいとかきわけ、「おはよ」と声をかける。ついでに、狭い台所に無理やり据えたダイニングテーブルのそばへスクールバッグを放った。

「おはよう」

コンロの火を止めた寿絵が振り返る。「投げない！　埃《ほこり》が立つ！」

「うっせえ。掃除しろ」

「怜がやんなさいよ。あたし腰痛いんだから」

挨拶をしないと、「あららー、怜ったらなんでスカしてんの？　反抗期？」とにやにやするし、声をかければかけたで小言が飛んでくる。やっていられない。

台所の並びにある洗面所で身仕度をする。そういえば電気シェーバーを買うときも、なんだか気恥ずかしくて「金が欲しい」と言いだせなかった。短期バイトでなんとか金を工面し買いにいったが、どれを選んだらいいかよくわからず、商店街の電器屋のおっちゃんにアドバイスしてもらった。男子高校生が母親と二人で暮らすのはなかなか大変だ。なにしろ相手はデリカシーというものを解さず、すぐに「あららー」とにやつく生き物なのだから。

手早く洗顔と整髪を終えた怜は台所に戻った。長く洗面所に籠《こ》もっていようものなら、また寿絵に、「あららー、色気づくお年ごろ？」などと言われてしまう。本当にいやだ。炊飯器から弁当箱へとご飯をぎゅうぎゅうに詰め、そこへつくだ煮やら冷凍の唐揚げやらを適当に埋めこんだ。

「あんたさあ。それ、腐んないの？」

「うん」

冷凍のおかずをレンジでチンしなくても、ご飯に埋めておけば昼までにはちょうどいい状態になっているうえに、ご飯を冷ましきらずに蓋をしても、夏でも腐らなかった。炊飯器の保温機能がやや弱ってきているがゆえに実現した、奇跡の塩梅《あんばい》である。このままずっと、炊飯器の調和が保たれるよう怜は願っている。

　二人ぶんの茶碗にもご飯をよそい、テーブルにつく。寿絵も向かいに座った。

「いただきます」

　と声をそろえて箸を手にする。寿絵が作ったワカメのみそ汁と、アジのひらきと納豆という立派な朝ご飯だ。夕飯は交互に店番をしつつ摂《と》るので、喧嘩《けんか》をしていても、休みの日でも、朝だけは顔を突きあわせて食事をするのが親子の習慣になっていた。

　とはいえ、特に会話はない。寿絵はアジの真ん中の太い骨を取り、あとはバリバリと頭からかぶりついている。取った骨のまわりについた薄い身も、歯でこそげ落とすようにきれいに食べる。化け猫みたいだ。怜は箸を使って、身から皮や骨を丁寧に取り除かないと気がすまない性質《たち》だ。自分のペースでゆっくり食べ進める。アジは今朝も、干物ながらふっくらと肉厚かつジューシーで、塩気もちょうどよかった。

　やっぱり「佐藤《さとう》干物店」の干物はうまい、と思ったところで、幼なじみであり干物店の息子である佐藤竜人《りゅうじん》の顔が浮かんだ。

　そういえば、夢のなかで「イモを焼こう」と言ってきたのは、竜人の声だった。あいつはたしかに、花より団子、紅葉より焼きイモ派だ。おかげで不穏な夢が一気にのんびりムードに書き換えられたけど、なんか無意識にあいつに助けを求めたみたいで、そこはむかつく。

「ごちそうさま」

　怜は食器を水に浸《つ》け、洗面所へ行って歯を磨き、バンダナで包んだ弁当箱をスクールバッグに入れて、狭くて急な階段を下りた。「いってきます」

「いってらっしゃーい」

お茶を飲んでいるらしい寿絵の間延びした声を背に、店のシャッターを頭上へと押し開ける。店内の通路を占拠した、キャスターのついた陳列台を表へ出すのは怜の役目だ。寿絵は、饅頭《まんじゅう》の入った段ボール箱を持ちあげた拍子にぎっくり腰になって以来、重いものを忌避《きひ》している。「あたしまだ四十まえなのにぎっくり腰って、絶対働きすぎよねえ」と、饅頭は忌避せずに食べながら哀れっぽく言う。でも、ぎっくり腰には年齢も労働もあまり関係ないのではないかと怜は思っている。

「餅湯温泉饅頭」の箱が積みあがったワゴンと、「もち湯ちゃんストラップ」がぶらさがった回転タイプの陳列台を店頭に運びだし、シャッターは半分まで下ろしておいた。平日の朝、しかも十一月のこの時期は観光客も少ないので、アーケードを行くひともまばらだ。いや、たとえひとでごった返していようとも、どこの観光地にもあるぱさついた饅頭や、ゆるキャラというにも微妙すぎる造形のもち湯ちゃんが盗まれることなどない。

アーケードですれちがうのはほとんどが顔見知りの商店街の住人で、怜は自動挨拶ロボットと化しながら高校へと歩いた。


寝覚めが悪かったせいか、午前中の授業にはまったく身が入らなかった。

怜以上にひどいのが竜人で、二年C組の教室前方の席で、突っ伏した机ごとがったんがったん揺れている。竜人の周囲だけ大時化《おおしけ》といった様相だが、いつものことなので教師ももうなにも言わない。竜人に授業中に起きていてほしいなら野球部の朝練を廃止するほかなく、たとえ廃止したとしても、勉強となると竜人は目を開けたまま魂を浮遊させてしまうにちがいないため、がったんがったんは放置されているのだった。

昼休みを告げるチャイムが鳴ると、竜人は嵐の海から突如として生還し、購買にダッシュしていった。

「怜、ジミー、今日は屋上な！」

と言い残して。

怜は弁当の包みを手に、立ちあがってのびをした。ジミーこと丸山和樹《まるやまかずき》と連れだって、教室を出て屋上への階段を上る。ちなみに丸山が「ジミー」と呼ばれているのは、おとなしい性格でやや影が薄いためだが、もちろん竜人に悪気はない。丸山は商店街の喫茶店の息子で、怜や竜人とは気心の知れた幼なじみなのである。怜は子どものころからの習慣どおり、丸山のことを「マルちゃん」と呼んでいた。

天気がよくて風がないので、屋上でもまだなんとか過ごせる。丸山は南がわのフェンス近くに座り、大きな保温水筒から蓋とコップにコーヒーを注ぎわけた。丸山は毎日、怜と竜人のぶんもコーヒーを準備してきてくれる。スティックシュガーと小分けのクリームも添えられている。いたれりつくせりだ。怜はコップを受け取り、丸山の隣に立って、フェンス越しに町を眺めた。

家々の屋根の連なりの向こう、正面に初冬の日射しを受けて海がきらめく。遠く水平線に、タンカーらしき大きな船が浮かんでいた。ほとんど停まっているのと変わらないように見えたけれど、怜が上空を舞うトンビに気を取られたのちに視線を戻すと、ちょっとだけ東へ移動している。のどかを超えて、なにもかもが緩慢な町。警戒するとしたら、トンビに弁当をさらわれないかということぐらいしかない、怜の住む餅湯町。比較的温暖な気候で海も山も温泉もあるため、主に関東近県から客がやってくる一大リゾート地だ。

餅湯温泉の発展は、新幹線の「こだま」が停車するようになったことからはじまった。餅湯町は、新幹線と在来線の餅湯駅を境に、大きくふたつのエリアにわけられる。

線路の北がわは、山の斜面を宅地開発した「桜台」という屋敷街だ。豪華な別荘が点在し、なかには年間を通して居住するひともいる。そういう住民のほとんどは現役を引退した裕福な高齢者である。

線路の南がわは、海へとつづくゆるやかな傾斜地に形成された商店街と住宅街だ。餅湯駅前から商店街の大アーケードがのびているが、それもゆるい下り坂になっており、十分ほど歩けば海に出る。海辺には巨大な観光ホテルやリゾートマンションが林立し、夏は海水浴やら花火大会やらでおおにぎわいになる。怜のような地元の子のなかには、ビーチに並ぶ海の家で短期バイトをしたり、都会から遊びにきた女の子とちょっと仲良くなったりするものもいる。

でも、十一月となったいまは、紅葉の見ごろには少し早い中途半端な時期で、町全体が眠ったように静かだ。そもそも団体旅行も減ってひさしい昨今、大箱のホテルや旅館は経営が厳しいところが多い。怜の家のような土産物屋も同様で、隣近所に配るための饅頭を旅先でたくさん買う、などという風習はとっくに廃《すた》れている。かといって、以前みたいに大勢のひとを町に呼びこむような、決定的な策があるはずもなく、大人はいつもため息をついていた。怜は生まれたときから半睡状態の町しか知らないので、「まあこんなもんだろう」と思っているが。

怜たちが通う県立餅湯高校は、住宅街のなかのちょっとした高台にある。屋上に立つ怜の眼下で、タンカーは岬《みさき》の陰に姿を消そうとしていた。あとに残されたのは、家々の屋根と、防風林みたいな海辺のリゾートマンション群と、そのさきに茫漠《ぼうばく》と広がる薄青い海ばかり。視線を右手、西のほうへ少しずらせば、商店街の大アーケードが銀色のヘビのように身をうねらせている。

高校の東隣は、餅湯神社のある餅湯山だ。この小高い山が、元湯《もとゆ》町との境界になっている。餅湯高校には、山を越えて、あるいは海沿いの細い道をまわりこんで、元湯町から通ってくる生徒も三分の一ほどいる。

しかしここが問題なのだが、餅湯と元湯は仲が悪い。発端は、新幹線の駅を餅湯駅に作るか、隣の元湯駅に作るか、という揉《も》めごとにまでさかのぼる。

「元湯」という名称からもわかるとおり、餅湯温泉の中心地は、以前は元湯町にあった。江戸時代から湯治場《とうじば》として栄えていたそうで、元湯町にはいまも老舗《しにせ》旅館が多く残っている。当然、新幹線の駅も元湯駅にできるものと、だれもが思っていた。

ところが、釣り宿と商店がぽつぽつとあるばかりの、小さな漁村だった餅湯駅のほうになぜか軍配が上がり、バブルもあってどんどん発展したのである。そのうえ、北がわの桜台までもが餅湯町に組みこまれた。背後に餅湯出身の国会議員の暗躍があったのではないかとか、ただ単に餅湯のほうが土地がひらけていて新幹線のホームを作りやすかっただけだとか、諸説あるけれど真相は不明だ。

とにかく、元湯町の住民としては、「なんでうちばっかりないがしろにされるんだ」とおもしろくないし、餅湯町の住民からすると、「伝統があるからって、お高くとまってら」ということになって、もう何十年も微妙な緊張関係がつづいているのだった。

もちろん、餅湯商店街のなかには、元湯町の旅館に商品を卸《おろ》している店も多いし、住宅街に住んでいるのは、新幹線の駅ができて以降に引っ越してきたひとたちばかりだ。みんながみんな反目しあっているわけではないのだが、餅湯と元湯の軋轢《あつれき》は長年、餅湯温泉全体に確実に影を落としてきた。

その影は子どもたちにも及んでおり、特に餅湯高校は軋轢の最前線だった。なにしろ、中学まではそれぞれの町の学校に通っていたのが、この高校ではじめて両者あいまみえるのである。廊下を譲る、譲らない、「おまえはどんだけ購買のパン買い占めるんだ」「おまえがのろのろしてんのがいけねえんだろ」などといった、きわめてくだらないいざこざが頻発するのが、この学校の校風なのだった。

しかしそれも、ここへ来て変革のきざしが見えてきた。

「どうかしてるやつが世界を救う」

と怜はつぶやき、フェンスを背に、丸山の隣に腰を下ろす。猫舌の怜にもちょうどいい温度まで冷めた、砂糖とクリーム入りのコーヒーをすすった。

「ん?」

丸山が首をかしげる。

「いや、最近、校内が平和だなと思ってさ」

「ああ」

と丸山は笑い、持参した弁当の包みを解いた。「修学旅行のおかげかな」

「うん。マルちゃん、今日もコーヒーおいしい」

「そう、よかった」

などと穏やかにやりとりしているところへ、階段室のドアがばーんと開き、竜人と二年B組の森川心平《もりかわしんぺい》がやってきた。購買で行きあったらしく、二人とも四個もパンを持っている。焼きそばパンとコロッケパンを二個ずつって、いくらなんでも炭水化物を摂取しすぎだ、と怜は思った。

サッカー部の心平は餅湯町の住宅街に住んでおり、怜たち商店街組とは小学校からの友人だ。心平はとにかく生命力が強くて、いまのところ学校という学校を皆勤賞で卒業している。このまま行くと、たぶん餅湯高校でも皆勤を達成するだろう。授業中に睡眠をたっぷり取って体調を整えているおかげにちがいなく、「おまえなにしに学校来てんの」と怜はいつも内心で疑問に感じている。

明るいバカかつ運動神経が尋常じゃなく発達しているという点で、竜人と心平は通じあう部分があり、本人同士も気が合うと認識しているらしく、しょっちゅうつるんでいる。だが、大きな差違があった。心平はまるでモテない。足さえ速けりゃモテるとされる小学校時代ですら、女子にまったく見向きもされていなかった。怜の見るところ、性格が悪いわけでも、笑っちゃうような顔面なわけでもないにもかかわらず、だ。

モテない理由は明白で、自然児ぶりが行きすぎているからだ。心平は小学四年生のころ、学校の観察池に大量発生したタニシをたくさん捕獲し、楊枝《ようじ》でちまちまと身をくり抜いて、家庭科室でかき揚げにして食った。ついでに、校庭に生えている雑草もおひたしにして食っていた。心平の親は息子にちゃんとご飯を食べさせているし、給食だっておかわりしているのに、とめどなき食欲と言うほかない。先生に懇願された母親が、「やめなさい、恥ずかしい」と心平に拳骨《げんこつ》を落とさなかったら、餅湯小学校の校庭は生き物のいない荒涼とした大地になっていたはずだ。

タニシを食べようだなんて、その根気と食への探求心と料理の腕前たるや相当のものだと怜は感服したのだけれど、女子からは非常に不評だった。そういうサバイバル能力は、平時には要求されないのである。

不運にも直後、小学校で飼っていた鶏がトサカと脚だけ残して猫にやられたのだが、それもいつのまにか、「心平が食った」ということにされていた。心平を見る女子の目はますます冷ややかになり、しかし心平はまるで気にしたふうではなく、高校二年生になったいまものびのびと飯を食い、球を蹴っている。夏休み中、部活帰りでとっぷりと日も暮れたころ、餅湯山のほうから道に飛びだしてきた猪《いのしし》を素手で撃退したともっぱらの噂《うわさ》だが、これは本当かどうかわからない。心平なら熊でも投げ飛ばして、みそ仕立ての汁にして食う、と怜は確信している。

さて、屋上にやってきたのは、竜人と心平だけではなかった。そのうしろから、二年A組の藤《ふじ》島翔太《しましょうた》も登場した。元湯町の「藤島旅館」の跡取り息子で、大人《たいじん》の風格がある。いまも、竜人や心平とはちがって落ち着いた物腰で、

「よう」

と怜と丸山に挨拶した。

一同は屋上に車座になり、パンやら弁当やらを食べはじめた。丸山は竜人のために準備していたコップを、急遽《きゅうきょ》藤島に提供することにしたようだ。正しい判断だ、と怜は思う。藤島なら、マルちゃんのコーヒーをちゃんと味わってくれるだろう。竜人と心平には泥水でも与えときゃいいのである。

「俺だってジミーのコーヒー飲みたい！」

と竜人が訴えた。「パンに口んなかの水分吸われて、お麩《ふ》食う鯉《こい》みたいになってるよ俺！」

「俺もー！　俺も欲しいー！」

心平も便乗して騒ぐ。

「なんか飲み物買ってくれれば」

丸山は素《そ》っ気《け》なくいなしたが、心平は諦《あきら》めなかった。

「じゃあさ、これに入れて」

と、パンの空き袋を差しだす。「残りは竜人が水筒から直接飲めばいいじゃん」

「頭いーな、心平」

と竜人が讃《たた》え、

「でしょー」

と心平が胸を張った。

しかたなさそうに、丸山は心平が指でつまんで広げた袋にコーヒーを注いでやった。もうもうと湯気が立つ。心平は「あちち！」と言いながら袋の口をすぼめ、なかのコーヒーをちゅうちゅう吸った。

「あちちち！」

「どこが頭いいんだよ」

と怜は竜人を見たが、竜人は素知らぬふりで水筒からコーヒーを飲んでいる。

丸山と藤島は、弁当の卵焼きの味つけについてしゃべっていた。丸山は甘いほうがいいと言い、藤島はしょっぱい派のようだ。喫茶店と旅館の息子だからなのか、二人はいつも彩りのいいおかずが入った弁当を持ってくる。丸山の弁当が自作だと知って、

「すげえな」

と藤島は気恥ずかしそうだった。「俺なんか板さんに作ってもらうばっかで、料理は全然だ」

「怜だって自分で作ってんだよな」

と、竜人が朗らかかつ誇らしげに口を挟んだ。「その遺跡弁当」

「ほっとけ」

と言って、怜はご飯のなかから唐揚げを発掘した。やはりちょうどよく解凍されている。あの炊飯器はすごい発明かもしれないぞと思いながら、つくだ煮も掘りだした。たしかに藤島や丸山の弁当に比べたら無骨《ぶこつ》だが、怜が特に引け目を感じないのは、自分の弁当だって充分にうまいし、このメンツのなかに見映えを気にするものなどだれもいないからだ。

あっというまに飯をたいらげ、一同は寝転がったりフェンスにもたれたりと、思い思いに昼休みの残りを過ごす。

「あー、空が青い」

「腹へった……」

「いま食っただろ!」

「心平は腹に虫でもいるんじゃないか」

食事にありつけなかったトンビが名残惜しそうに、風に乗って晴れた空に円を描いた。

「そういえばさ」

と丸山がつぶやく。「さっきの遺跡で思い出したんだけど」

「遺跡？　そんな話《はなし》したっけ？」

心平が寝そべったまま首をかしげたので、

「不本意ながら、俺の弁当のことだ」

と怜は教えてやった。食べ物も会話も即座に透過させてしまう、驚異の忘却力を誇る友人への対応には慣れている。

「マルちゃん、つづけて」

「うん。餅湯博物館から縄文式土器が盗まれたって、今朝のニュースでやってた」

餅湯博物館は、海辺の丘のうえにある。正確に言うと、丘のうえにある餅湯城が、博物館として活用されている。城といっても由緒はなにもなく、バブル期に建てられた鉄筋コンクリート製の偽物だ。当初は観光用だったのだが、もちろん客などほとんど来なかったので、築城して数年後には、町立の博物館に転身した。

餅湯温泉近辺は、江戸時代は天領だったそうだし、戦国時代も出城ひとつなかった。人々はたぶん、ひたすらのどかに温泉に浸かりながら、魚を獲って暮らしてきたのだろう。

気候もよく住みやすいのは大昔からなのか、丘では縄文時代の遺跡が発掘され、出土品は餅湯博物館に収められた。敷地内には復元された竪穴式住居と偽物の餅湯城が併存し、さらに城のなかには縄文式土器が陳列されているとあって、丘は時空が歪《ゆが》んだ状態だ。餅湯温泉で生まれ育った怜たちにとっては見慣れた風景なので、カオスぶりにまったく気づけていないが。

「ああ、そのニュースなら俺も見た」

と、藤島がうなずいた。「でも、土器なんか盗んでどうするんだろう。高く売れるもんなのか？」

「仏像とかなら盗んで売るやつもいるって聞いたことあるけど、土器じゃ地味だよな」

怜はそう言ってから、内心で「しまった」と思い、丸山をうかがった。マルちゃんのまえで、しかもマルちゃんが提供した話題に関して、「地味」はまずかっただろうか。けれど丸山は特に気にするふうでもなく、竜人から返された水筒に蓋をしていた。

「十五万！」

竜人が突然叫んだので、一同はビクッとした。心平など、驚きのあまりエビみたいに勢いよく上半身を起こした。竜人はさっそく縄文式土器についてスマホで検索してみたらしく、画面には大手のフリーマーケットサイトが表示されていた。

「ほんとだ、レプリカだけじゃなく、本物っぽいのがけっこうある」

差しだされた画面を見て、怜は感心した。土器にも商品としての需要があるようだ。

「古美術商が出品してるから、さすがに盗品ではないだろうけど」

と藤島が言い、

「でも、それ以外にどういうルートがあるの？」

と、丸山がおずおずと疑問を呈した。

「そりゃあ先祖代々、植木鉢として使ってきたひとが、金に困って売ったんだよ」

心平は根拠なき自信に満ちあふれている。

「縄文時代から受け継がれる植木鉢って、物持ちよすぎだろ」

怜はあきれたが、

「いや、ありえなくもない」

と藤島は言う。「縄文時代から受け継ぐのは無理でも、江戸時代ぐらいに畑を耕してて、たまたま掘り当てた土器なら、旧家の蔵とかにあってもおかしくないだろう。それが古美術商の手に渡ったり、個人で出品したりってことはあるんじゃないか」

「なるほどね。そういうのにまぎれて、盗品を売買しようってやつもいるのかもな」

多くのひとが地味と思っているだろう土器に目をつけるなんて、こすっからく悪知恵を働かせたものだ。怜からすると、「金塊ならまだしも、危険をおかして盗みに入るのが土器って、割に合わね」というところなのだが、根気とバイタリティーにあふれた心平はまたべつの意見だったようで、

「俺たちもパクっとけばよかったなあ」

とおおいに嘆いている。「あの博物館、警備なんてゆるゆるだもん。いまからでも行こっか」

「バカ、十五万の土器で道を踏みはずしてどうする」

「えー。だって、こっちなんて四十万だよ?」

どれどれ。一同は、心平が指す竜人のスマホ画面を注視した。その瞬間、ぴこんとメッセージの着信を告げるバナーが表示された。

『いま来れそう?』

竜人は素早くメッセージアプリを立ちあげる。

『どこ?』

『美術準備室。会いたいなって』

『すぐいく』

衆目のなか、ぽこぽこぽこ、と雲みたいな吹き出しの応酬があったのち、

「じゃな」

と竜人はそそくさと屋上から立ち去った。

竜人を呼びだした相手はもちろん、彼女の秋野愛美《あきのまなみ》だ。心平と同じクラスで、藤島とは親戚筋にあたる、元湯町の旅館の娘である。竜人と愛美のラブバカップルぶりは校内でも有名だったが、なにぶん餅湯と元湯は対立気味なので、本人たちは控えめに交際しているつもりらしい。じゃあ全開で交際したらどうなるんだ、地球上のすべての火山が噴火するんじゃないか、と怜は危惧している。

「だああーうまくやりやがって竜人ー!」

心平が背中から倒れこみ、大の字になって吼《ほ》える。

「あいつらの愛の巣になってるみたいだけど、いいの」

と、怜は丸山に尋ねた。丸山は美術部の部長で、怜も数合わせで入った幽霊美術部員なのだが、まさか準備室が竜人たちに活用されているとは知らなかった。

「うんまあ、止めても忍びこむだろうし、人目のないとこで話したいときもあるだろうし……」

「あめーよ」

と心平が屋上を転がった。「どうせ激しくいちゃつくに決まってんだ」

「俺のキャンバス突き破ったりしなきゃいいよ」

丸山は諦めとともに大幅な譲歩を見せた。藤島は黙って笑うばかりで、親戚の愛美が、脳みそまで筋肉に鍛えあげた男と交際中であることをどう考えているのか、真意はうかがえなかった。

いずれにせよ、藤島とこんなふうに昼休みを過ごすようになるとは、つい一ヵ月ほどまえまでは予想もしていなかったことだ。藤島にかぎらず、元湯町から通う男子とのあいだにはなんとなく隔《へだ》てがあり、親しく話したりつるんだりする機会がなかった。張りあう気持ちがあったというか、派閥のちがいというか、そんな感じだ。

ちなみに女子のあいだでは、餅湯対元湯という反目や分断が生じていることはないようだった。大人同士の微妙な対立など、女子のおしゃべりのまえでは塵《ちり》ほどの影響ももたらさないのだろう。むろん、細かい不和や諍《いさか》いはあるらしく見受けられるが、それは町のちがいや派閥や意地ではなく、怜には計り知れない個人的な好悪に基づくもののようだ。そんなさまを垣間見るつど、なんか自由度高いな、と思う。

そういえば商店街においても、なにかにつけて元湯町に対抗しようと張りきるのは、おっちゃんたちに多い。桜の季節や花火大会の時期は、商店街でも、元湯町の旅館街でも、小さな赤い提《ちょう》灯《ちん》を道端に吊《つる》すのだが、温泉全体の会合から帰ってきたおっちゃんたちは、

「向こうさんは二メートル間隔にするらしいから、こっちは一メートル、いや五十センチ間隔にしようや」

などと息巻く。商店街の女性陣は、

「そんなに提灯あったら、うるさったいでしょ」

と冷静なる判断を下し、二メートルごとに提灯をぶらさげていくのだった。

寿絵とテレビを見ていたときも、感覚のちがいに驚かされることがあった。

夜の報道番組の特集コーナーで、一代で会社を大きくした老経営者が独占インタビューとやらに応じていたのだが、

「男は家を出れば七人の敵がいると申しますが」

と彼が言ったとたん、寿絵は爆笑した。

「なんだよ、うるっせえな」

「だってさあ、どんな危険地帯で生きてんの？」

「たとえだろ」

「それにしたって、いまどき」

ひーひー言いながら、笑いすぎてにじんだ涙をぬぐっている。「あたしだって働いて、小さいながらも店の経営してきたけど、七人の敵なんて思ったことない。具体的に、七人の内訳はなんなの？　七人の小人がいるなら店番手伝ってほしいし、『七人の侍』は好きな映画だなあ。怜、見たことある？」

寿絵と話をしていると、本題が道端の藪《やぶ》のなかへずんずん入っていってしまう。怜は軌道修正すべく、

「通りを歩いてて、すれちがったやつと自分とどっちが強いかとか考えねえの？」

と尋ねた。寿絵はまたひーひー言った。

「あんたバカねー」

考えないらしい。怜はたいそうびっくりしたが、なるほどとも思った。

女全体に言える傾向なのか、学校や家庭で接する女性たちがたまたまこうなのかわからないが、力で張りあったり相手を敵味方に分類したりすることがあまりないのだろう。じゃあどうやってまわりを認識すりゃいいんだ、と怜だったら不安になりそうなものだが、寿絵も学校の女子たちも、きゃっきゃと楽しそうにひたすらおしゃべりしている。自由だなあ、と感じる所以《ゆえん》だ。

しかしここに、力による張りあいとおしゃべりとの合わせ技で、対立の構図を解消した男が存在する。

竜人である。

先月、餅湯高校の二年生は修学旅行で九州に行った。博多までは新幹線で、あとは主に大型の貸し切りバスに分乗して、九州北部の各地をまわった。

大半の生徒は、「家で寝てたかった」「どっちかというと北海道のほうがよかった」「あたしは沖縄」「ていうか眠い」などとぶーたれつつも、天神で買い物を楽しんだり、長崎の原爆資料館を見学して粛然《しゅくぜん》としたりした。しかしだれよりも旅を満喫していたのは、竜人と愛美だろう。地元の大人たちの目が届かないものだから、思うぞんぶんいちゃいちゃしていた。

片時もそばを離れたくないにもほどがある竜人は、二年B組のバスに勝手に乗りこみ、ちゃっかり愛美の隣に座を占めたらしい。代わりにC組のバスにはじきだされてきたのが心平で、バスガイドさんからマイクを奪ってなにやら歌おうとした瞬間に、「引っこめ心平！」「なんであんたがうちのバスに乗ってんだよ！」と女子からブーイングされていた。

しょうがなくマイクをガイドさんに返した心平が、動きだしたバスの通路をふらふら歩いてくる。視線は過《あやま》たず、怜をロックオンしていた。マルちゃん、ヘルプ！　と怜は思ったが、バスに酔いやすい丸山は前方、担任の隣の席にいる。心平の相手をしてやるほかなさそうだった。ちなみに心平は、C組の担任関口太郎《せきぐちたろう》先生に向かって堂々と、

「森川心平、こっちのバスにお邪魔します！　竜人はB組のバスで秋野と道祖神《どうそじん》みたいに一体化してて、いけないと思います！」

と宣言していた。定年間際の関口先生としては、竜人と心平という無軌道コンビに抗いきれるはずもなく、ただ力なく「道祖神なんて知ってるのか。えらいぞ森川」と言うばかりだった。

「やー、まいったよねー」

と、心平は怜の隣の座席に収まった。『カサブランカ・ダンディ』を歌って、みなさんのお耳をなごませたい気分だったんだけど」

「なにそれ」

「え、知らない？　俺のばあちゃんが好きな曲。女の頬をふたつばかり張り倒す」

「ダメだろ」

修学旅行の移動中、怜はほとんど寝たふりをして過ごすはめになった。心平はおかまいなしに、くだらない話をしたり怜の口にキャラメルを無理やり押しこんできたりした。

それはともかく、事件は唐津で起こった。

自由行動の時間だったので、怜と丸山は唐津城を見物した。岬にある唐津城からは、うつくしい湾とそのさきに広がる青い海を眺めることができる。丸山は絵の題材にするつもりだろう、スマホでしきりに写真を撮っていた。怜も、「餅湯城だって海に面した丘のうえにあるのに、えらいちがいだなあ」と思いながら、素晴らしい景色をしばし堪能《たんのう》した。

とはいえ男子高校生たるもの、海や城を見るのにはすぐ飽きるし、風景で腹はいっぱいにならないのである。三分も経たぬうちに「ソフトクリームでも食おっか」と相談しはじめたところへ、天守閣の入口付近から諍う声が聞こえてきた。いやな予感がして視線をやれば、案の定、竜人と心平が唐津の高校生五人と対峙している。

竜人は愛美と一緒にいたんじゃなかったのか、と怜はあたりを見まわした。愛美は友人の新田《にった》朋香《ともか》とベンチに腰かけ、ソフトクリームを舐《な》めていた。近づいて、

「どうしたの、あれ」

と尋ねると、愛美と朋香は「知らない」と笑った。

「翔太にはLINEしといたから、助っ人に来てくれるんじゃない」

と、愛美は藤島の名を挙げた。「あたしたち唐津焼の食器見たいんで、あとは適当にやって」

はあ？　と思ったが、愛美と朋香はソフトクリームを食べ終え、軽やかに唐津の商店街のほうへ去っていってしまった。そのあいだも、竜人と心平は地元の五人に向かって、「やってもいいんだぞ、ごるぁ」などとすごんでいた。チンピラか。しかし残念ながら、相手もチンピラマインド満々のようで、「口ばっかじゃなくかかってこいや、ごるぁ」と一歩も引かない。

なにがどうなって、こんな絵に描いたような「修学旅行先でのいざこざ」に陥《おちい》ったのか、怜には理解不能だった。両軍の距離はどんどん縮まり、いまや風に揺れるツクシのように顔面をこすりあわせんばかりだ。むしろ仲がいいんじゃないかと思いながら、怜はしかたなく、

「おい、やめとけよ」

と割って入った。丸山は少し離れて推移を見守っている。

「すっこんでろ、怜」

と竜人は言った。「こいつらが愛美と新田に粉かけたんだ」

「粉はかけてねえ、声かけただけだ」

と、唐津軍のなかで一番背の高い男が、クールに鼻で嗤《わら》った。「ソフトクリームなら左端の茶《ちゃ》店《みせ》のがうまい、って」

「ナンパ野郎が」

「ああ!? あの子らだって『ありがと』って言ったぞ。てめえこそケツの穴小さすぎんだろ、ちゃんとうんこできてんのか」

アホだ。アホはアホを呼ぶ。怜はため息をつき、竜人に向きなおった。

「こいつの言うとおりだ。秋野さんたちがだれとしゃべろうと、秋野さんたちの勝手だろ」

「そりゃそうだけど……」

竜人は視線をうろつかせ、心平はステップを踏みながら「しゅっしゅっ」と中空にジャブを繰りだしている。それで怜もピンと来た。修学旅行中は当然、部活動がない。竜人も心平も体力を持て余して、単に暴れたい気分なだけなんだ、と。

「たしかに、こいつらはなんも悪いことしてねえ」

と竜人は認めた。「愛美たちはうまいソフトクリーム食えて喜んでた。けど、それじゃあ俺の腹の虫が治まらない」

「なんで」

「俺と心平は真ん中の茶店のソフトをすでに買っちゃってたからだ! 教えんならもっと早くに

しろよな！」

「知るか！」

と唐津の高校生たちが口々に怒鳴った。怜もまったくもって同感だった。そこへ愛美から連絡を受けた藤島が、元湯町の友人を四人引き連れて駆けてきたので、事態はいっそう複雑で緊迫したものとなった。

「仲間呼ぶなんて卑怯だぞ！」

「こいつらはべつに仲間じゃねえ」

「じゃあなんだよ」

「同じ学校で机を並べてる仲ってだけだ」

「うん、だからそういうのを仲間って言うんじゃねえの、この局面では」

餅湯と元湯の微妙な溝を知る由《よし》もない唐津の高校生たちは、困惑して首をかしげている。

「とにかく、ちょっと駐車場の便所に来い」

と、竜人はえらそうに腕組みして顎をしゃくった。「俺のうんこが太《ふて》ぇとこを見せてやる」

「いらない」

唐津の高校生はいっせいに首を振る。そのころには、「こいつやべえな」と唐津軍のあいだで囁《ささや》きが交《か》わされはじめていた。藤島をはじめとする元湯チームも状況を把握したのか、竜人からさりげなく距離を取った。「仲間」とは死んでも思われたくなかったのだろう。怜も両軍のあいだから抜けだし、丸山とともに藤島たちの隣に立った。これ以上巻きこまれるのはごめんだ。

「じゃあ、バッティングセンターないか？」

竜人が新たな提案をした。

「どうしてだ」

と、背の高い高校生が応じる。

「野球で決着つけるからに決まってんだろ」

「俺はバスケ部だし、バッティングセンター遠いぞ。駅の向こうだから、こっからだと歩いて三十分弱はかかる」

「相撲は？」

という心平の提案は黙殺された。

結局、竜人と背の高い高校生が、城内橋《じょうないばし》から小石を遠投して競うことになった。どうして競わなければならないのか、もうだれにもわからなかったが、お互いに意地があって引くに引けない。

一同はぞろぞろと城の階段を下り、松浦川の河口近くにかかった歩行者専用の細い橋に立った。

移動するあいだに両軍のあいだでけっこう会話がはずみ、怜は背の高い高校生の名前が「黒田《くろだ》」であることを知った。

「へえ、おまえら餅湯温泉から来たのか」

と黒田は言った。「行ったことないけど、でかい観光地だろ」

「最近はあんまり客が来ないけどね」

と、怜は細波《さざなみ》の立つ川面《かわも》を見ながら言う。

「そりゃ、ここだってそうだ。町ぐるみで民泊をはじめて、ちょっといい感じになってるみたいだけどな」

「民泊か……」

大きな旅館やホテルの多い餅湯温泉では、その方策は採りにくいだろう。怜がそんなことを考えるうちに、竜人と黒田は橋の真ん中に並び立ち、本丸から拾ってきた小石を各々《おのおの》の手になじませはじめた。

唐津軍が、自身の陣営の代表に声援を送る。怜たちも、餅湯も元湯も関係なく、一応は竜人に「行けー！」「負けんな！」と励ましの声をかけた。心平は興奮して、ダッシュで無駄に橋を往復した。

竜人も黒田も大きく振りかぶり、広々とした川に向かって思いきり小石を投げた。石は弾丸のように一直線に空気を切り裂き、彼方の水面《みなも》に消えた。

「どっちだった!?」

「遠くてよく見えなかった」

「石が小さすぎんだよ！」

欄干《らんかん》に手をかけ、身を乗りだして騒ぐ一同をよそに、竜人と黒田はガッキと握手した。

「おまえのクソは太そうだってことがよくわかった」

「おまえもな」

「また会おう」

「ああ」

いや無理だろ、と怜は思った。餅湯と唐津じゃ、なかなか行き来できるもんじゃないし。

なんとも気の抜けた戦いを終え、両軍、橋の両端へわかれて引きあげたのならまだしも恰好《かっこう》がついたのだが、黒田たちは律儀にも、大型バスが待機する駐車場まで見送りにきてくれた。さきに発車したB組のバスの窓から、竜人と愛美が黒田たちに向かって手を振っているのが見えた。怜と丸山も、C組のバスから手を振った。夕焼けの空のもと、黒田たちが笑顔で手を振り返した。

「なんだったんだ」

と、座席に身を落ち着けた怜はつぶやいた。

「さあ」

と丸山が言い、スマホのカメラロールを確認しはじめた。「楽しかったからいいんじゃない」

隣から覗《のぞ》くと、小石を投げんと腕を振り抜いた瞬間の、竜人と黒田の真剣な横顔が見事に並んでとらえられていた。熱闘甲子園といった風情だった。ちなみに怜が断固としてバスの最前列の座を占めたため、点呼を終えた関口先生は行き場を失い、心平の隣に座ってキャラメルをお裾分けしてもらっていた。

以降、餅湯高校の男子生徒のあいだにあった隔てがなんとなく溶けていき、怜たちは藤島としゃべったり、屋上でたまに昼を一緒に食べたりするようになった。竜人の脳筋力《のうきんりょく》のおかげだ。

竜人は五時間目も半ばを過ぎて教室に戻ってきた。当然、「なんで遅れた」と教師は叱ったが、「いやあ、腹が痛くって」などと妙にほっぺたをつやつやさせて言い抜けていた。

丸山は美術準備室の保全状況が気になってたまらなかったらしい。放課後になったとたん、教室を飛びだしていった。怜は店番をしなければならないので、商店街で夕飯の食材を買い求めつつ帰宅した。

「お土産　ほづみ」の店頭では、不倫カップルらしき中年男女がもち湯ちゃんストラップを眺めていた。たぶん買わないな、と怜は判断する。証拠の品を残すわけないし、鏡餅に温泉マークの湯気が刺さったようなもち湯ちゃんは、目がうつろで「呪われそう」と不評なのだ。怜は店番をする寿絵に「ただいま」と言い、二階に上がった。

アーケードには今日も、『餅湯温泉のテーマ』が流れている。おはだ〜、もっちもっち、もちゆ〜、もちゆおーんせーん〜。妙に明るい男女混声と、間延びしたテンポ。人類からあらゆるやる気を削《そ》ぎ取るために制作されたとしか思えないが、餅のごとく脳裏に貼りつく狂気の洗脳ソングでもある。

窓を閉めていても聞こえてくる歌に合わせ、「もっちもっち、もちゆ〜」と口ずさみながら、怜は米を研《と》ぎ炊飯器のスイッチを押した。飯が炊けるまでのあいだに、洗濯物を取りこんで畳み、シャワーを浴びつつ風呂掃除をし、みそ汁と豚肉のショウガ焼きを作る。

折良く飯も炊きあがり、わっしわっしと夕飯をかきこんだら、ちょっと一休みしたのち、寿絵と店番を交代だ。白々とした明かりに照らされる店内に、客は一人もいない。アーケードをそぞろ歩く観光客はたまにいるが、わざわざ夜に土産物を購入する気にはならないのだろう。店を一《いち》瞥《べつ》もすることなく通りすぎていく。

怜はタイル張りの床にモップをかけ、棚に陳列された商品をハタキでひととおり撫でた。もうすることもなくなり、レジ奥に置かれた丸椅子に腰を下ろす。旧式のレジスターのボタンを押すと、チンと鳴って勢いよく引き出しが飛びだす。釣り銭用に入れてある札と小銭にあまり動きがないように見え、ため息をついて引き出しを押し戻す。売り上げの集計は、寿絵が「やる」といつも言い張るので、怜は手出ししない。「子どもはそんなこと気にしなくていい」のだそうだ。

「よう」

と、ジャージ姿の竜人が店に入ってきた。商店街の公衆浴場でひとっ風呂浴びたのだろう。洗面器を小脇に抱え、短く刈りこんだ髪から、やや不似合いな花のように甘いシャンプーの香りを漂わせていた。

「よう」

と怜は答え、レジ横にあるガラス張りの冷蔵ケースから、「餅湯温泉サイダー」の小瓶を取りだした。栓を抜いて竜人に渡す。「さんきゅ」と受け取った竜人は、立ったままサイダーを飲み干し、小さくげっぷした。

なんだか元気がないみたいだ、と察することができたのは、長年のつきあいの賜物《たまもの》だろう。いつもならサイダーなど三秒で胃に流しこむのに、今日は八秒ほどかかっていた。

「どうした」

「うーん」

と竜人は空き瓶を揉みしだいた。「愛美とつきあってること、親父にバレた」

「まじか。なんで」

「元湯で噂になってるっぽい。干物を卸しにいった旅館で聞いたって」

「どうすんだ」

「どうもしねえ。ほっとく」

空き瓶が並んだ黄色いプラスチックケースに、竜人は手のなかの一本を加えた。「愛美と別れる気ないから」

まあ、それしかないよな、と怜も思った。竜人はわりとモテるほうで、中学三年のときに高二だと年を偽り、海の家で知りあった女子大生とよろしくやっていた。そちらはひと夏の恋で終わったようだが、餅湯高校に入学して愛美と出会ってからは、脳みその筋肉がますます活性化したらしい。何度フラれてもめげず、高二になってとうとう愛美も折れて、めでたくつきあいだした。以降、端目《はため》からすると時間も場所もおかまいなしでいちゃいちゃしている。

そこはちょっとわきまえてほしいと思うけれど、竜人が生まれてはじめての本格的な恋に真剣なのはわかっていた。愛美がまた、見た目がかわいいのみならず、「気立てがよくて賢いけど素っ気ない」という絶妙な性格をしているため、竜人がのめりこむのもいたしかたないところだ。

「来週は俺、桜台のほうなんだ」

と怜は言った。

「ああ、そっか。三週目だもんな」

「うん。でも、なんかあったらいつでも連絡して」

「そうする」

竜人は二階を気にしつつ、ちょっと声をひそめた。「怜こそ、大丈夫なのか？」

「べつに。店番はいつもどおりマルちゃんが協力してくれるし、なにも問題ない」

怜は笑って立ちあがった。「おやすみ。親父さんにぶん殴られても泣くなよ」

「殴り返してやるよ、あのクソ親父」

竜人は必要以上に踏みこんではこず、「じゃあなー、おやすみ」と店を出ていった。

竜人が急に訪ねてきたのは、愚痴を言いたかったからでもあるはずだが、怜と寿絵の様子うかがいをしようと、ふと思い立ったというのが実際のところだろう。寿絵と二人で店をまわす怜を、竜人はいつもさりげなく気づかってくれる。怜としても、心身ともに打たれ強い竜人には遠慮なく接せられるというか、無意識に甘えている部分があって、だからこそ窮地に陥った夢のなかで聞こえてきた呼びかけは竜人の声をしていたのにちがいない。

怜はレジ内の金をセカンドバッグに収め、ひとまず階段の下に置くと、店頭の陳列台の片づけに取りかかった。饅頭が減ったようには見えぬワゴンを押し、店内に戻す。

商店街のどの店も閉店準備を進めている。両隣や向かいの店のひとと、「今日、どうだった?」「いや、全然ですね」などと話しながら店頭を軽く掃き、金属の棒をシャッターの穴に引っかけた。

アーケードのスピーカーから降りそそいでいた音楽が、「もっちも」で唐突に途切れる。代わりに、かさ、かさ、と紅葉の装飾が揺れる音が息を吹き返す。

怜は棒を握る手に力をこめ、店のなかから勢いよくシャッターを引き下ろした。

二、

桜台の家はいつ見ても無駄に天井が高い。

五十畳はあろうかというリビングダイニングのソファにだらしなく身を預け、怜《れい》はぼんやりとクリスタル製のシャンデリアを見上げた。天井高が三メートル以上あるうえに部屋が広いので、巨大シャンデリアは結局はほとんど飾りと化しており、実際に光源の役割をはたしているのは壁に設置されたLEDライトや床に置かれたおしゃれな照明器具だ。しかしそれらすべてが間接照明なので、リビングダイニングは全体として薄暗い。「なんか『ゴッドファーザー』でも、こんな感じの部屋で飯食ってたよな」と怜はいつも思う。

最後の晩餐《ばんさん》でもはじまりそうな長大なダイニングテーブルから、

「怜くん、そろそろ準備しようか」

と武藤慎一《むとうしんいち》が声をかけてきた。

「はい」

と答え、怜は立ちあがってテーブルに向かう。

ダイニングスペースにはサンルームまで付随していて、指紋ひとつついていない大きな窓ガラスが、夜の色をした鏡のように室内の様子を映しだした。慎一がうつむきかげんで、キッチンから持ってきた牛肉の包みを開けている。怜も隣に立って、ザルに盛られた白菜やら春菊やらシイタケやらを眺め下ろした。葉物は几帳面《きちょうめん》にそろったサイズで切られているし、肉厚のシイタケにも星みたいな飾り包丁が入れられている。準備をしようと言われたけれど、怜がするべきことはなにもなさそうだ。

三十代前半だろう慎一と怜とでは、親子というにも兄弟というにもやや無理がある。並んで立つ自分たちの姿はどういう関係に見えるんだろうと、怜は再び窓ガラスに目をやった。いまは暗闇に沈んでいるが、窓の向こうにはこれまた広い芝生の庭と、枝を張った大きな楠《くすのき》がある。葉ずれの音がかすかに聞こえる。いつのまにか風が出てきたらしい。

この家はとても静かだ。つくりものの葉っぱの音や餅《もち》ソングに悩まされる商店街の家とはなにもかもがちがう。

ダイニングテーブルにカセットコンロを置き、鍋を載せて、怜と慎一はすき焼きづくりに取りかかった。カセットコンロは常識的な大きさだったためテーブルのサイズにそぐわず、怜も慎一も身を乗りだして鍋に野菜を入れたり味つけの調整をしたりせねばならなかった。

「微妙に不便ですね」

「豪邸って、住むのには向いてないよね」

慎一はさわやかに笑い、「怜くん、鍋持って」

と言った。怜が鍋を持ちあげると、その隙にカセットコンロをテーブルの角に移動させる。ようやく腰に負担がかからない体勢で調理できるようになり、見事な霜降りの牛肉が鍋に投入された。慎一はまたも几帳面に、しらたきと牛肉のあいだにシイタケを埋めこんで堰《せき》をこしらえている。

蓋をしてしばし火が通るのを待つ。マフィアの邸宅みたいな空間に、しょうゆとみりんの甘じょっぱいにおいが満ちていく。

味見をした慎一が「よし」とうなずいたところで、坂道を上って近づいてくる車のエンジン音が聞こえた。

「あ、伊都子《いとこ》さん帰ってきた」

慎一は身を翻《ひるがえ》し、キッチンで軽く洗った手をエプロンで拭きながらエントランスホールへと小走りで向かった。犬みたいだなと怜は思う。怜にはむろんエンジン音のちがいなど聞きわけられないが、サンルームに立って窓ガラスに顔を寄せると、たしかに光岡《みつおか》伊都子の運転する銀色のベンツが、自動で開いた門を通って庭に入ってきた。ガレージのシャッターも自動で上がり、伊都子は何度も切り返して車庫入れを試みている。舗装された庭の小道をたまにはずれ、タイヤが芝生を踏み荒らす。ちなみにガレージは「お土産　ほづみ」の建物よりも確実に大きい。あんなに間口が広いのに車庫入れが一発で決められないってまずいんじゃないか、と運転免許証を持たぬ怜ですら気を揉《も》まずにはいられなかった。

ダイニングテーブルに戻り、蓋の穴からしゅるしゅると上がる湯気をなんとなく目で追う。ややあってエントランスホールから、「おかえりなさい」「ただいま」とやりとりする声が聞こえたが、伊都子が手を洗ったり、慎一が受け取った鞄を伊都子の書斎に置きにいったりすることを考えれば、割り下が干上がってしまいそうだ。怜はカセットコンロの火を止めた。家が広いとこういうときも不便だ。

ダイニングテーブルの長辺の隅っこにあたる椅子に座って待っていたら、五分ほどして伊都子がやってきた。主人の帰宅を喜ぶ犬といった風情で、慎一がつき従っている。ファッションに詳しくない怜でも、伊都子の着ているスーツが「シャネルだな」ということはわかった。

五十代後半の伊都子は、とてもそうとは思えないほど肌も髪も手入れが行き届いてつややかだ。茶色く染めた髪は今日もゆるくうつくしく巻かれているし、爪にはきらきらした石がついている。指輪も十本中四本の指にはめていて、当然ながらどれも輝きが尋常ではない。

ともすると下品になりそうなところだけれど、伊都子の印象を一言で表せば「ゴージャス」だ。優雅で堂々としていて、「教養もあって荒事もお手のもののマフィアの三代目ボス」という感じだった。事実、伊都子はマフィアではないが三代目で、自身の亡き父から受け継いだ食品の卸《おろし》問屋を基盤に、外食業界にも進出して事業を拡大させたやり手の女社長である。チェーンのファミリーレストランだけでなく、最近では主に高齢者向けの食事のデリバリーも手がけており、不景気をものともせず業績は好調らしい。

「おかえり」

「ただいま」

伊都子はスーツの上着を脱ぎ、いわゆるお誕生日席の椅子の背に無造作にかけた。「あー、おなかすいた」

女王さまの命令を耳にした臣下みたいに、二人の男は視線を交《か》わし、無言のまま素早く役割分担をする。怜はカセットコンロの火をつけ、慎一はキッチンから卵を割り入れた器を三つと、ご飯を大盛りにした茶碗を三つ、盆に載せて持ってきた。

配膳を終えた慎一が怜の向かいに腰を下ろし、ようやく三者は、

「いただきます」

と声をそろえたのだが、その直後、

「ねえちょっと」

と伊都子が言った。「鍋が近すぎて暑い」

怜と慎一の共同作業により、再びカセットコンロはダイニングテーブル上を移動したが、そうすると必然的に、どの席からも鍋が遠くなってしまう。怜と慎一はすき焼きを器に取るたびに立ちあがることになった。伊都子は悠然と椅子に座ったまま、慎一が取りわけた器を受け取った。

「怜、もっと肉を食べなさいよ」

伊都子がわしわしと健啖《けんたん》ぶりを発揮しながら、鷹揚《おうよう》に勧める。「慎一も」

怜と慎一はまた立ちあがって鍋から肉を引きあげた。慎一がいつだって大きいほうの肉をさりげなく譲ってくれるのを、怜は知っている。ついでに言うなら、近所の住人からも、たまにこの家を訪れる会社のひとからも、慎一が「社長のツバメ」と思われていることも。二人の関係の実相を怜が追及したためしはないし、さして興味もなかった。なんだっていい。

あんまり黙りこくって牛肉をご馳走になるばかりでは能がないので、

「そういえば」

と怜は伊都子に話題を振った。「『家を出たら七人の敵がいる』と思う？」

「思わない。なんでそんなこと聞くの」

「テレビでどっかの社長が言ってたから」

「ふん」

新たにすき焼きが盛られた器を慎一から受け取りながら、伊都子は鼻で嗤《わら》った。「戦国武将じゃあるまいし」

「おふくろも似たような反応だった」

「そうでしょうね」

伊都子は今度はやわらかい笑みを口の端に浮かべた。「寿絵《としえ》さん元気？」

「うん」

「そ」

慎一はなにも口を挟まず、にこにことやりとりを眺めるばかりだ。早くも会話が終わってしまうかと懸念されたそのとき、

「進路はどうするか考えた？」

と伊都子が言った。怜は思わず慎一にちらと目をやってから、

「え、俺？」

と問い返し、伊都子もつられて慎一を見たのち、

「いや、ほかにだれがいるのよ」

と応じた。高校生にすら進路というか将来を危ぶまれるほど絶賛ツバメ暮らし中であるはずの慎一は、あいかわらず黙ってにこにこしている。

怜はそれほど成績が悪いほうではないので、たぶんどこかしら入れる大学はあるだろうけれど、土産物屋の経営状況を考えると学費が払えるかどうか疑わしいし、寿絵は基本的に放任主義というか息子の学力や将来など気にしないタイプだから、進路について話しあったことなどなかった。しかし伊都子の意向が那辺《なへん》にあるのか、できるかぎり探りを入れ、見定めなければならない。

「まだあんま考えてない」

と怜は慎重に答えた。

「学校で進路調査とかあるでしょう」

あった。夏休み後に調査票が配られ、怜は一応、「第一希望　進学」「第二希望　家業を継ぐ」と書いておいた。無難かなと思ったからだ。

担任の関口《せきぐち》先生も調査票を配る際、

「これは予行演習みたいなものですから、気楽に書いてください。最終的な進路は冬までに相談して決めていきましょう」

と言っていた。ただ竜人《りゅうじん》は、「第一希望　広島カープ」「第二希望　横浜ベイスターズ」「第三希望　東北楽天ゴールデンイーグルス」と書いたらしく、

「怜、聞いてくれよー。関やん、『うん、夢は大きくとは言うけれど、さすがにドラフトにはからないと思うから書きなおしてくれないか』って言いやがった。ひどくね？」

と嘆いていた。無視しておいた。

もっとすごいのは心平《しんぺい》で、「第一希望　セミ」とだけ書いて提出したそうで、二年B組の担任、山本喜美香《やまもときみか》先生にこっぴどく叱られたとのことだ。

「ちょうどセミがすんげえ鳴いてたからさ。『いいなあ、思うぞんぶん騒いで、ぶぶぶぶって飛んで、どこでもしょんべんできて、むっちゃ自由じゃね？』って思ったんだよ。なのに先生、『ちょっと森川《もりかわ》くん、あなたセミみたいにすぐ死んじゃうセツナ的な生きかた目指してどうすんの。あと、「蟬《せみ》」ってむずかしい漢字だけど調べて書いてみようってキガイを持って！』ってぷんぷんしちゃって。『高望みかな、とか気にせず、まずは正直な希望を書いてください』って言ったくせに、嘘つき！」

むろん怜は、この訴えについても無視しておいた。

こういう友人たちの存在を伊都子に知られたら心証を悪くしてしまうかもしれないため、

「冬までに決めればいいいんだって」

とだけ怜は答えた。

「そう。したいこととか、なりたいものとか、なにかあるんだったら言って」

それはつまり、「夢」ということだろうか。だとしたらなにもない。怜は首を振った直後、なんだか無性に腹が立ってきて、

「高校のころ、なりたい職業なんかあった？」

と、ぶっきらぼうに尋ねた。

「言われてみれば、なかった」

伊都子はしらたきをちゅるんと吸った。「そうだ、思い出してきた。父の会社を継ぐもんだと周囲は思ってたし、私もそう刷りこまれて育ったから、なりたいものなんて考えたこともなかったんだった」

じゃあ俺に進路とか聞いてくんなよ、と思ったけれど口には出せなかった。その思いを汲《く》み取ったのか、それまですき焼きを食べることに専念していた慎一が、

「だからこそ、ってこともあるかもよ」

と言った。「伊都子さんはなりたいものを考えられなかったから、怜くんに将来の夢があるなら応援してあげたいって気持ちになるんじゃない」

「そんなんじゃないわよ、なにを知ったふうに言ってんだか」

満腹になったらしく、伊都子はすき焼き用の器をテーブルに置いた。『若さとは夢や希望に満ちあふれたものだ。自分もそうだった』って都合よく記憶を塗り替えて過去を美化してただけ。加齢よ、加齢。若いひとに意欲や覇気《はき》を求めるじじばばって、みんなこの罠《わな》にはまってんだわ、きっと。あーやだやだ、私もその一員だ」

「そうかなあ。そうとも言いきれない気がするけど」

「じゃあ慎一は、高校生のころなにになりたかった？」

それは怜もぜひとも聞いてみたかった。怜と伊都子からの視線を浴びた慎一は、

「俺の話なんて怜くんの参考にはならないよ」

と照れくさそうに笑った。「どうしたら働かずに楽して生きていけるかなってことしか考えてなかったから」

さもありなん、と怜だけでなく伊都子も思ったことが気配で感じ取れたが、両者ともコメントは差し控えた。しかしよく考えてみれば、慎一は夢をかなえたのだとも言え、三十を過ぎても無職のまますき焼きを腹いっぱい食らい、近隣住民になんと噂《うわさ》されても動じることも気にすることもない、さすがの胆力の持ち主であると怜は感服した。見習いたい。のかどうかは、よくわからない。怜にはツバメになりたいという積極的な欲望というか展望すらなかったからだ。

ただまあ、流されるがままであっても生きていけるらしいのは、伊都子や寿絵をはじめとする周囲の大人を見ていて、なんとなくわかった。「生きていける」が「暮らしていける」と同義ではないのは、土産物屋の経営が傾きかけていることからも自明だが、怜にとって身近な人々はもっと根幹の部分でたしかに生きていた。自由だ、とも言い換えられるかもしれない。

たぶん、恐れることがないからだろう。竜人や心平にもその傾向がある。ひとにどう思われるかをほとんど気にせず、奔放で、自身の求めるところにのみひたすら忠実なように怜の目には映った。

俺にはちょっと真似できない。すき焼きを食べ終えた怜は、墓みたいに黒光りする石でできた

浴槽に身をのばし、天井を見上げてため息をつく。どうしても「なにが無難か」を考えてしまうし、相手の意向を汲み取りつつ現実的な落としどころはと、あれこれ気を揉んでしまう。実際は俺みたいなタイプのほうが多数派のはずだよなと怜は思う。なのになぜか、まわりには奔放タイプがひしめいていて、「もしかして俺が常識はずれかつ小者なのか？」としばしば混乱させられるのだった。

風呂場の天井にも床面の目地にもカビひとつ生えていない。慎一が磨きあげているからだ。夕飯の片づけも当然のように慎一がしてくれる。前言撤回、ツバメ暮らしも決して楽でも自由でもなさそうだ。おかげで怜は、毎月この家に滞在する一週間、完全なる上げ膳据え膳生活を送らせてもらっている。

おふくろの腰の具合はどうだろう。商店街の家で一人ぽつんと過ごす寿絵の姿が脳裏に浮かびそうになり、怜は急いで頭を振った。その拍子に体がすべって鼻まで水没し、ちょっとお湯を飲んでしまった。浴槽も言うまでもなく巨大なので、身長がのびたいまでも向こうがわに足が届かず踏ん張りがきかない。ちゃんと縁《へり》に後頭部を預けておかないとならず、入浴ですら気が抜けない。金に飽かしてなんでもかんでも大きく作るのはやめてほしいものだ。

体勢を立てなおし、掌で顔をぬぐった怜は、別れ際の寿絵の様子を思い返した。毎月の恒例行事として、「今日から桜台だから」と言った怜に、「はーい。伊都子さんによろしく」となんの憂いもなさそうに手を振っていた。たぶんいまごろ閉店作業を終え、のびのびとテレビを見ながらせんべいでも食べているはずだ。

寿絵は伊都子よりも二十は若い。商店街のドラッグストアで買った毛染めを使っている寿絵のぱさついた髪と、短く切りそろえた飾り気《け》のない丸っこい爪を思い浮かべてしまい、怜は今度は自主的に脳天まで湯に沈めた。寿絵と伊都子を比べたくなかった。不毛以外のなにものでもないからだ。

風呂から上がり、慎一が準備しておいてくれたパジャマを着た怜は、大人が寝そべることができるほど横幅のある絨毯《じゅうたん》敷きの階段を上った。二階の東端、伊都子の書斎のドアをノックする。

「はい」

といういらえを待って、厚みのある木製のドアを開けた。伊都子はこれまた重厚な飴《あめ》色の木製デスクに向かい、ノートパソコンのキーボードを打っていた。ピアニストみたいになめらかな指づかいだ。

「お母さん、俺もう寝るから」

「はい、おやすみなさい」

「おやすみなさい」

ドアを閉めかけた怜を、

「そうだ」

と伊都子がパソコンから顔を上げて呼び止めた。「明日はなにを食べたい？」

「刺身かな」

「了解、慎一に伝えとく」

化粧を落とし部屋着に着替えた伊都子は、年相応に見えたし、疲れてもいるようだった。怜のために東京から餅湯《もちゆ》まで車を走らせてきたのだと思うと、早く寝ればと口を出すのも気が引けた。

黙ってドアを閉める直前、視線をパソコンに戻した伊都子がもう一度小さく、「おやすみ」と優しい声でつぶやいたのが聞こえた。


怜には母親が二人いる。

寿絵と伊都子、女手ふたつで育てられた。

物心ついたときには商店街の家で寿絵と暮らしていたが、そのころから月に一度、一週間は桜台の家で過ごす習慣だった。

最初のうちは寿絵と手をつないで坂道を上り、門のまえで「ほら、行きなさい」と言われた。離れるのがいやで毎回ぎゃんぎゃん泣いたが、寿絵は振り返りもせず坂道を下りていってしまい、慌ててあとを追おうとすると必ず、門から出てきた伊都子に抱きあげられるのだった。

もうちょっと大きくなると、怜は一人で桜台の家へ行くようになった。どうやら自分には寿絵と伊都子、二人の母親がいるらしいと飲みこめたからだ。もちろん、幼なじみの竜人や丸山《まるやま》の家には一人しか母親がいなかったから、なんかちょっと変だなという気はしたが、寿絵も伊都子も母親として平然と怜に接してきたので、まあ二人いることもあるんだろうと思っていた。

寿絵とともに暮らす時間のほうが長いし、寿絵が苦労して家計をやりくりするのを見ているから、怜はつい肩入れしてしまいそうになる。けれど桜台の家の怜の部屋には、赤ん坊のころの怜の写真が貼られたアルバムが大量にある。伊都子といまは引退したお手伝いさんが撮ってくれたものだそうだ。伊都子に抱かれたりあやされたりして、怜は泣いたり笑ったりしている。写真のなかの伊都子は幸せそうに、これ以上の慈しみの眼差しはないだろうという目で怜を見つめている。お手伝いさんとの写真もあって、白髪まじりの女性が怜を優しく抱っこしている。

そもそも伊都子の自宅は東京にある。怜は行ったことがないけれど、一度だけ書類を届けたことがあるという慎一の話によれば、会社近くの高層マンションに住んでいるらしい。にもかかわらず怜と過ごすためだけに、毎月第三週のあいだは、伊都子は餅湯と東京を日々往復する。出社のために早起きするのも、なんとか夕飯の時間までに帰れるよう、車の運転が下手くそなくせに高速を激走するのも厭《いと》わない。

無駄に巨大なものばかりある桜台の家そのものが、大いなる無駄といえば無駄なのだ。伊都子の父親の代から所有する光岡家の別荘らしいが、仕事が忙しく合理主義な伊都子は、怜が餅湯に住んでさえいなければ、「維持費が馬鹿にならない」と土地も建物もさっさと手放していただろう。

慎一がツバメなのか別荘の管理人なのかその両方なのか、真相ははっきりしないが、

「俺がここに住まわせてもらえてるのも、怜くんのおかげだねえ」

とのことなので、怜が「俺のための無駄」と考えるのもうぬぼれではないはずだ。

寿絵と伊都子が言葉を交わすところはもとより、顔を合わせたところすら見たことがないが、それでも怜にとって、二人は等しく母親だ。父親も当然いるはずだけれど、顔も名前も存在自体も話題に上ったことはない。

どんな事情があってこういうややこしい事態になったのか、怜は知らない。寿絵と伊都子のどちらが怜を生んだのか、もしかしたらどちらも生んでいないのか、それも知らない。聞いたことがないし、寿絵も伊都子もなにも言わないからだ。

真実など知りたくなかった。知って、二人を比べてしまうのがこわい。「生みの親だから」とか「血がつながってないから」とか思ってしまったら、寿絵や伊都子と過ごしてきたこれまでの時間が全部だいなしになるような気がする。

怜には母親が二人いる。それが怜の家族についてのすべてだ。

絨毯敷きの薄暗く長い廊下を東端から西端まで歩き、自室に入る。飾り格子のはまった窓の向こうに、楠の枝が大きく張っているのが見える。

怜の部屋にも立派な飴色のデスクがあるが、ほとんど使ったことがない。ふたつの家を行き来する生活なので、教科書の類《たぐい》は学校のロッカーに入れっぱなしだし、宿題などは基本的に、始業前や休み時間やあまり身を入れて聞かなくてもよさそうな授業のあいだにすませてしまう。それでも白目を剝《む》いて卒倒するような成績になったことはないので、案外勉強に向いてるのかもなと思う。だがまあ、身近な比較対象といえば竜人や心平だから、勘違いかもしれない。あの二人はしょっちゅう赤点地獄に落ち、それでも呑気《のんき》に「いい湯だな」と釜の底で鼻歌を歌っているような輩《やから》なのである。あれよりもまずい成績となると、いくらゆるい校風の餅湯高校とはいえ、さすがに在籍自体がむずかしくなってくるだろう。

ベッドは大の字になってもまだスペースがあるが、怜はいつもどおり隅っこで体を丸めるようにして寝具をかぶった。商店街の家での四畳半暮らしが身に染みついているため、広々とした洋間もベッドもどうも持て余す。サイドボードを手探りして、リモコンで部屋の電気を消した。

葉ずれの音がする。勧められるがまま霜降りを食べすぎて胃が重い。伊都子はいつだって怜の好物を手配して、ともに過ごす一週間を待ちわびている。その思いに応えたいのに、怜の体じゅうの細胞はこの家のなにもかもを「無駄にでかい」としか受け止められない。

どうして赤ん坊のころのことを覚えていられないようにできてるんだろうと、なんだか腹立たしく切なかった。


桜台の家に帰っても特にすることはないので、つい学校に居残ってしまう。宿題の英文和訳を早々に片づけ、放課後の教室でしばしぼんやりしていた怜は、ふと思い立ってひさびさに美術室へ行ってみることにした。

丸山はキャンバスに向かい、熱心に絵筆を走らせていた。餅湯と元湯《もとゆ》の温泉街は夏と紅葉の季節が繁忙期なので、餅湯高校もその時期は極力学校行事を入れないように年間スケジュールを組んでいる。体育祭は五月の連休後に行われるし、文化祭は二月だ。観光客相手の仕事をしている家の生徒が多く、繁忙期は家業の手伝いで忙しいためだ。

修学旅行を十月に終えたいま、十二月上旬の学期末試験までさしたる行事はない。大半の生徒はちょっと一息ついているというのに、丸山は美術部の部長として早くも文化祭に照準を定め、新作に取りかかっているらしい。幽霊部員の怜などは、「リンゴかなんかのデッサンでも適当に展示すれば、多少歪《ゆが》んでいたとしてもまあいいだろう」と思っているので気が楽だ。椅子を引き寄せ、丸山の邪魔にならないよう窓辺に座った。

絵心のない怜まで勧誘されたことからもわかるように、美術部は存亡の危機にある。美術準備室を勝手に愛の巣にしている竜人と愛美《まなみ》のほうが、活動が旺盛だと言えるほどだ。本日も美術室にいたのは丸山だけで、油絵の具で風景画を描いている。テレピン油のにおいがきらいではない怜は、ふんふんと鼻をひくつかせながらキャンバスを眺めた。丸山は広がる空と海に青い絵の具を少しずつ塗り重ねていた。木々の緑のあいだからは、よく見ると餅湯城が覗《のぞ》いている。

ド素人の怜がしたり顔で批評できる筋合いではないが、正直な印象を言えば、のどかだけれど退屈な絵だ。丸山は絵を描くのが好きで、美大への進学を志望している。餅湯には美術予備校がないので、子どものころから通う絵画教室でデッサンの練習を重ねているらしい。だからもちろん、決して下手ではないのだが、なんというかパンチに欠ける気がする。

第一、なぜ餅湯城を画題に選ぶのか怜には理解不能だ。余生を趣味の水彩画に捧げている老人が写生に行くならまだしも、これから美大を受験して絵筆一本でやっていきたいと心に期する高校生が、餅湯城なんか描いてどうすんだ？　とつい首をかしげたくなる。しかし、とんがったところがないのが丸山の丸山たる所以《ゆえん》とも言え、マルちゃんの目には生まれ育った町がこんなふうに穏やかな場所として映っているんだなと思うと、胸が締めつけられもするのだった。

あんまりキャンバスを凝視していては丸山のプレッシャーになるだろうと、怜は窓のほうへ視線を移した。いや、本当のところを言えば、自身のあせりとうしろめたさから目をそらしたかっただけだ。怜には餅湯の景色のなにもかもがくすんだようにしか見えたためしがないし、丸山みたいに夢中になれるものもない。にもかかわらず丸山の絵を見て、「『好き』と『才能』って一致するんだろうか」などと考えてしまう、そんな自分がいやだった。

一階にある美術室からは校庭がよく見える。運動部専用のグラウンドなどはないので、まああ広い校庭を各部が棲みわけて使っている。今日は野球部が守備練習をし、サッカー部が外周をランニングしていた。美術室の窓は閉まっていたが、竜人がひときわ大きな声で「きゃっしゃっしゃー！」と吼《ほ》えるのが聞こえた。以前、「あれ、なんて言ってんの」と尋ねてみたら、「は？『気合い入れていこう！』に決まってんだろ」と竜人は自信満々で答えた。だがどうがんばっても、怜には「きゃっしゃっしゃー！」としか聞き取れなかった。

竜人はライトを守っているため、校舎からは遠い位置、高く張りめぐらされたネットのまえに立っていた。そのうしろを、防災用のヘルメットをかぶってランニング中のサッカー部員がつぎつぎに走り抜けていく。打球が頭部に直撃しても大丈夫なようにということなのだろう。サッカー部の顧問が生徒思いというか心配性らしいが、いつ見てもシュールな光景だ。

こういう練習環境では強豪校に勝てるはずもなく、餅湯高校の野球部もサッカー部も公式戦では一回戦か二回戦で敗退するのが常だった。それでもほぼ毎日、どちらの部員もくじけることなく日が暮れるまでボールを追いつづけていた。特に修学旅行後はチーム内の雰囲気がさらに向上したらしく、竜人も心平も張りきっている。

いまも竜人のもとに飛んできた打球を、ちょうどランニングで通りかかった心平が横合いから素手でキャッチしたところだ。そのままボールを持って逃げだした心平を竜人が追いかけ、ノックをしていた三年の先輩が怒って、「おまえら真面目《まじめ》にやれ！」と華麗なバットさばきで白球を飛ばしまくり、それを拾わんとてんてこ舞いの野球部員、ノックの集中砲火を浴びる心平を救出せんと駆け寄るサッカー部員が入り乱れて、校庭は軽い乱闘のような様相を呈した。

「おい！」

と怜は思わず声を出してしまった。なにやってんだ、竜人も心平も。ちゃんと部活に打ちこんでえらいな、とちょっとでも感心して損をした気分だ。あんな調子でよく、「第一希望　広島カープ」と書けたものだ、ずうずうしい。やっぱりあいつらも俺と同じく、夢も将来の展望もないノンポリモラトリアム野郎だ。

くさくさして室内に視線を戻すと、丸山が車のヘッドライトに照らされた猫みたいに怜を振り返って硬直していた。突然の「おい！」にびっくりし、怯《おび》えてしまったようだ。

「ごめん、マルちゃんに言ったんじゃないんだ。つづけて」

「うん……」

丸山はうなずいたが、集中力が途切れたのか絵筆をイーゼルに置き、本格的に怜に向きなおった。「昨日、怜の家の閉店作業を手伝いにいったよ。うちの店は暇だったから」

「そっか、ありがとう」

「寿絵さん、腰はけっこうよくなったって言ってたけど、『また手伝いにきますよ』って言ったらお饅頭《まんじゅう》くれた」

「うん、悪いなほんと」

バイト代を出したくても出せないのが実状だけど、高校生男子への駄賃が饅頭ってどうなんだよ、と怜は気恥ずかしかった。それ絶対、売れ残りの餅湯温泉饅頭だろ。寿絵は丸山や竜人を生まれたときから知っているので、いつまでたっても「同じ商店街に住むかわいいチビッコ」扱いする傾向にある。自身の息子である怜に対しては、「もう一丁前の大人でしょ」と家事だ店番だとこき使うくせに。

寿絵の対応や認識における微妙な差が、どこから発生しているのか怜にはよくわからない。家族だからこそ遠慮がないのか、母親がもう一人いるのだからと遠慮しているのか。竜人や丸山とちがって、怜は赤ん坊のころは商店街にはいなかった。桜台の家で、伊都子に育てられていた。おふくろも、お母さんも、俺のことを息子としてどう扱っていいのかわからないのかもしれない。そんな考えがきざしてため息をついた怜に、

「そっちはどうだった？」

と丸山が心配そうに尋ねてきた。幼なじみである丸山と竜人は、当然、怜にふたつの家と二人の母親が存在するのを知っているし、怜が商店街の家に不在のあいだは、土産物屋の手伝いをしたり寿絵を気にかけたりする。怜と同じく詳しい事情は把握していないが、「そういうものなんだ」と子どものころから受け止めてくれた友人がいるのは、怜にとって心強いことだった。

「いつもとおんなじ。昨日はすき焼きで今日は刺身だってさ」

「いつもながらすごいね」

「あと、進路について聞かれたけど、俺はなんも考えてないから誤魔化した」

そうだ、お母さんの意向を慎重に探らなきゃいけないいんだった。またつきそうになったため息を、怜は急いで飲みこむ。

怜の心を重くしているのは、金の問題だ。寿絵にも伊都子にも聞けるようなムードがないため、はっきりと問いただせたことがないが、学費の出どころは伊都子なのではないか、と怜はなんとなく思っている。それればかりか生活費の援助も受けているのではないか、と。

もしそうだとするなら、伊都子の意図はどこにあるのだろう。もちろん、怜を息子としてかわいがっているからというのが一番の理由のはずだが、「まさか俺を会社の跡継ぎだと期待してるのか？」と思うと、一気に憂鬱《ゆううつ》になる。じゃあ、それなりの大学に入って、経営とか勉強しなき

ゃならないんだろうか。食品にもファミレスにもまるで興味ないんだけど。

もちろん、饅頭にももち湯ちゃんストラップにも等しく興味はないけれど、とにかく「社長業なんてどうでもいい」と明言してしまったら、伊都子からたぶん行われているだろう金銭的援助が打ち切られてしまうかもしれず、怜は足取りも重くふたつの家を行き来しているのだった。

いや、ただ単に金の問題なら、こんなふうに叫びたいような重苦しさにまとわりつかれることもなかった。高校卒業まではのらりくらりと言を左右にし、あとは寿絵が在庫の饅頭に押しつぶされて店を畳もうと、後継難に陥《おちい》った伊都子がよぼよぼになるまで馬車馬のごとく働こうと関係ないと、餅湯を捨ててどこかべつの町で暮らせばいいだけのことだ。一人で生きていくぶんぐらいの稼ぎは怜だって得られるはずだ。

だが、頭ではわかっていても、俺は俺で自由にやればいいや、と割り切れない。夢も打ちこみたいこともない身ゆえ、町を出ていく大義名分を見いだせず、積極的に打ってでられないということもある。しかしなによりも、寿絵と伊都子がそれぞれのやりかたで、息子として怜を大切にしているのだとわかるからだ。寿絵が怜を金づるとして手もとに置いているのなら、伊都子が会社のために怜を高級食材で餌《え》づけしているのなら、話はもっと単純だったし気も楽だった。「俺のことなんだと思ってんだよ」とグレて海岸線をバイクで爆走したり、「母親が二人ってわけわかんねえ。どういうことか説明しろ」と金属バット片手に詰め寄ったりすることもできた。というのは嘘で、基本的におとなしい性格であるうえに幼少期から二人ぶんの母親の尻に敷かれ慣れてきた怜は、たとえ割り切ったとしても反抗期という形では表せそうにない。結局、悶々《もんもん》としながら半ば思考を放棄し、餅湯温泉のぬるたい湯に浸《つ》かっているほかなさそうなのだった。

愛が重い。大岡裁きだったらとっくに両腕がもげている。「ちょっとお代官さま、早く止めてくだせえ！　やっぱこれ、どっちも俺の母親じゃねえでげすよ！」と泣いて訴えたいところだが、贅沢《ぜいたく》かつ甘ったれた悩みのような気もして、だれにも打ち明けられない。かわりに怜は、

「マルちゃんはいいな。やりたいことが決まってて」

と言った。丸山はキャンバスと怜を見比べ、

「そうでもないよ」

と言った。めずらしく冷たい感触のする声だった。

「なんか息苦しくて、もうすぐ完成って絵をたまにワーッと塗りつぶしたくなる」

自分の心の声が外に漏れたのかと思った。マルちゃんでもそんな気分になるときがあるんだな。

怜はふいに現れた獣と対峙するみたいに間合いを計りつつ、

「……ちなみに、何色で？」

と尋ねた。

「黒って言えたらかっこいいけど、今日の気分は青だね」

そう答えた丸山は、再び絵筆を取り水平線をいかに表現するかに没頭しはじめた。

拍子抜けしたが、マルちゃんはやっぱりマルちゃんだ、と納得し安心もした。


刺身、イベリコ豚とクレソンのしゃぶしゃぶ、比内地鶏の唐揚げとつづき、さすがに伊都子と慎一の健康に悪いのではと心配になって、金曜日の夕飯は「焼き魚がいい」とリクエストした。

しかし、火曜の刺身が立派な舟盛りで、目玉が澄みわたった鯛《たい》の頭まで載っていたことを思い出

し、「アジの干物とか」と急いでつけ加える。慎一ならば伊都子の指示のもと、マグロを一尾まるごと庭で焼いてもおかしくない。

怜は夕飯に食べたいものを必死に考える。「なんでもいいです」と言おうものなら、慎一が悲しげな視線を伊都子に送るからだ。リクエストを受け、慎一は日中に買い出しにいっているようで、嬉々として夕飯の仕度をし、伊都子と怜の帰りを待つ。このひと一月《ひとつき》のうち三週間は別荘に一人で放置されて、話し相手もなく芝生の手入れやらタイルの目地磨きやらをするばかりだから退屈なんだろうな、と怜は思う。

けれどやはり、桜台の家にさっさと帰る気にはなれず、怜は高校の隣にある餅湯山へ足を向けた。長い石段を上り、餅湯神社の境内のベンチに腰を下ろす。曇り空なこともあって早くも夕方の気配が濃いが、正面に海がよく見える。灰色の雲と同じ色をして、波頭があちこちで身をもたげては砕ける。

スクールバッグを探り、弁当箱の下に入りこんでいた英単語帳を取りだした。桜台の家にいるあいだ、弁当は慎一が作ってくれる。だし巻き玉子やらブリの照り焼きやらチーズ肉巻きやらを詰め、ご飯には必ず桜でんぶをかける。「伊都子さんとおそろいだよ」と毎朝うれしそうに手渡してくるので、「購買でパン買います」とは言いだせずにいる。怜の弁当が豪華になる期間があることに、心平はたぶん気づいていない。藤島《ふじしま》は気づいたようだが、触れてはこない。

吹く風の冷たさに肩をそびやかしながらしばらく英単語の暗記に努め、そろそろマフラーが必要な季節だなと思ったところで、石段のほうから荒い息づかいが聞こえてきた。猪《いのしし》か変質者かと身がまえた怜のまえに現れたのは、ジャージ姿の竜人だった。尋常ではなく汗だくだ。

「おまえ……、なにやってんの」

怜は怯《ひる》みつつ声をかけた。両膝に手をつき、ぜえぜえと呼吸を整えていた竜人が顔を上げた。

「あれ、怜こそなにしてんだ、こんなとこで」

竜人は石段を駆けあがってきたらしく、子鹿みたいにがくつく足取りで近づいてくると、怜の隣に座った。袈裟《けさ》がけに装着していたボディバッグからペットボトルのスポーツ飲料を取りだし、一息に飲む。

「野球部がランニングの日には、ここの石段で自主練してんだ」

と竜人は言った。

「走りこみやうさぎ跳びって、野球のトレーニングとしては百害あって一利なしという説もあるんじゃないのか？」

平地ならまだしも、二百段以上ある石段を全力でダッシュしていたら、トレーニングの効果が表れるまえに膝が砕けるんじゃないかと怜は気を揉んだ。しかし竜人はいつでも怜の予想の斜めうえを行く男だ。

「ちがうちがう、野球じゃなく祭りの自主練」

と朗らかに言ってのけた。

「は？」

たしかに餅湯神社では、毎年十一月下旬に大祭が行われる。御輿《みこし》をかついで海辺まで練り歩き、細かく言うと練り歩くだけでなくいろいろすることはあるのだが、最終的にはまた神社に安置する。一晩じゅうかかる勇壮な祭りで、神社に戻る御輿の先触れとして、志願した男たちがふんどし一丁で石段を駆けあがるイベントというか儀式が特に盛りあがる。一番乗りを狙って競《せ》りあう、危険を伴う儀式なので、高校生にならないと参加できない。竜人と心平は去年はじめて、張りきって手を挙げていた。

「まさか、あの裸祭りに今年も参加すんの？」

「ふんどししてんだから裸じゃねえだろ」

「去年、石屋のおっちゃんにはじき飛ばされたのに」

「そうだよ、くそ。あれ以来、俺が店のまえ通るたんびにおっちゃんニヤニヤすんだよ、むかつくわー。今年こそリベンジする！　位置取りも心平と戦略練ってるし、タイムも五十秒ちょいまで縮めた」

「五十秒!?　嘘だろ？」

「去年一番だった漁師の田丸《たまる》さん、四十八秒だぞ」

「まじか、人智を超えた体力だ」

「怜も参加しろよ」

「ひとを見て誘え。するわけないだろ」

「モテんのに」

信じられないと言いたげに竜人は首を振った。「愛美がつきあってくれる気になったの、絶対に去年の祭りでの俺の勇姿が効いたと思う」

絶対にちがうと思う。祭りで熱くなったり、餅湯と元湯でなにかと張りあおうとしたりするさまを見て、愛美は「バカじゃん」とクールに言い放つタイプだ。しかし、では竜人のなにが交際の決め手となったのかは、もちろん怜にはうかがい知ることのできぬ領域だった。

「おまえさ、つまり野球部の練習さぼってるってことだよね。いいの？」

「子どものころはなんにでもなれると思ってたよなあ。なのにドラフトかからないなんてショックすぎ。関やんのせいでしばらく野球やる気力湧かねえ」

むろん、気力云々《うんぬん》はさぼる口実だ。楽天的な竜人とはいえ、プロへと至る門がいかに狭いものかを知らないはずがない。その点はあっさり聞き流した怜だったが、少々気になるところもある。

「本当に、子どものころは『なんにでもなれる』なんて思ってた？」

「全然。はずみで言ってみただけ」

竜人はからになったペットボトルをばりばり押しつぶし、ボディバッグに収納した。「まず『思う』ってこと自体がなかった。俺、物心ついたの中学入ったころぐらいだし」

「遅いな！」

どうやら竜人は十数年も、茫漠《ぼうばく》たる「無」の塊として生きていたらしい。こいつ、俺が幼なじみだって認識はちゃんとあるのかな、と友への不信が少々芽生えたが、怜とて子どものころからなりたいものがなかったという意味では似たり寄ったりである。たまに耳にする「子どものころはなんにでも」論法は、伊都子が言うところの過去の美化と同じなのかもしれない。

「ま、細かいこと気にすんな」

と言って、竜人はベンチから立った。

「突然なに」

会話が飛んだように思え、怜は竜人を見上げる。「そりゃあ、中学までの記憶がないのに平気な竜人に比べたら、だれだって細かいことを気にしすぎだとは思うけど」

「記憶はあるって。物心がついてなかったの。そのちがいはでかいから気にしろ」

竜人はもう一回ダッシュをするつもりらしい。いよいよあたりも薄暗くなって冷えてきたので、怜も連れだって境内をあとにした。

木々の葉が海からの風に揺れ、餅湯山全体が低くざわめいているようだ。石段のかたわらの茂みには間遠に外灯が立っていて、心もとなくじじじと鳴りながら黄色い光を投げかける。

「最近さあ、ジミー、昼休みも美術室にいることが多いだろ」

軽快に石段を下りながら竜人が言った。

「ああ、新作が仕上げの段階に入ってるっぽかった」

集中して絵筆を走らせていた丸山の姿を思い浮かべ、怜はうなずく。

「文化祭なんて来年なのに、あいつ真面目だよな。愛美と会えなくてまじつれえから、部活もほどほどにしてほしいんだけど」

「いや、おまえこそほどほどにしとけ。そんな調子で秋野《あきの》さんにうざがられないの」

「べつに?」

と竜人はにまにました。

大きな赤い鳥居をくぐり、道路に出たところで、

「じゃあまたな」

と竜人は言った。「桜台でうまいもん食えてラッキー、ぐらいに思っとけばいいんじゃね」

あ、と怜は思った。「細かいこと気にすんな」って、そういう意味か。竜人は実は周囲のひと

をよく見ている。怜の二重生活が悶々としたものであることに気づいていたらしい。

礼を言うのも癪《しやく》だし、なんかそぐわない気がする。怜が返す言葉を探しあぐねているうちに、竜人はストップウォッチ機能のついた腕時計をいじると、

「あー、ヤりてー!!!」

と雄叫びを上げながら石段を駆けのぼっていった。あっというまにジャージの背中が暗がりに溶ける。

サイテーだ。ちょっと感動した俺がバカだった。

怜はきびすを返し、桜台の家を目指して歩きはじめた。


週末は慎一と家じゅうの窓ガラスを拭いたり、伊都子と三人で日帰り温泉に行ったりした。

日帰り温泉は隣の市の山腹にあるので、慎一が買い出しに使っている赤い軽自動車に乗っていった。眼前には太平洋、振り返れば富士山が見えるという絶好のロケーションにもかかわらず、市街地から離れているからか観光客はあまりいない。桜台の家に滞在中、そろってたまに訪れる穴場スポットだ。

慎一の運転は性格と同様穏やかで、安心して身を委《ゆだ》ねられる。後部座席から伊都子と慎一を眺めているときも、温泉施設の大広間で昼定食を食べているときも、「俺たちってどういう関係に見えるのかな」と怜は思った。伊都子と慎一は恋人と言うには礼儀正しい距離があり、姉弟や親子と言うには親密すぎるような気がする。ただ、慎一が気配りのひとなのは外でも変わらず、

「バッグに化粧ポーチ入れた？」と注意喚起したり、無料のお茶を注いで持ってきてくれたりと、

伊都子も怜も世話を焼かれまくった。

怜が大浴場の湯船に浸かっていたら、体を洗い終えた慎一が隣に入ってきて、「あー」と気持ちよさそうに脚をのばして座った。万が一、股間を目にしてしまおうものならあれこれ想像がめぐりだしそうで、怜は頑《かたく》なに視線を正面に向けていた。漂流者を捜索する海上保安官なみに、遠くに見える海を凝視する。

「明日からまた、怜くんも伊都子さんもいなくなっちゃうんだね」

と慎一はつぶやいた。「さびしいな」

さびしい？　正気か。おさんどんから解放されて清々する、ならわかるけど。大人の、しかも男が、さびしいなどと口にするとは信じられず、怜はちらと隣をうかがった。慎一はつや消しされた黒い目で海を見ていた。なんの感情も読み取れなかったが、それゆえに、「だれだってさびしいときはあるよな」とすとんと腑《ふ》に落ちた。

「そういえば、『七人の敵』の話だけどさ」

慎一が顔を向けてきたので、怜は急いで海面監視任務に戻った。「『家を出たら友だちやまだ見ぬひとに会える』って伊都子さんが言ってたよ」

「え？」

思わず慎一を見る。慎一はもう怜を見てはいなかったが、最前とはちがって横顔にはかすかな笑みが浮かんでいた。

「『そう思ってたほうがなんでも楽しいのに』だって」

「ふうん。慎一さんはどう思う」

『七人の敵がいる』って思うひとは、線引きがはっきりしてるんだろうなと思う。もしくは、身内によっぽど甘やかされて育ったんじゃない」

凍えたような声の響きに、怜は湯のなかで膝を抱えた。桜台の家に住みつく以前の慎一が、どこでなにをしていたのか怜はまるで知らない。三年ほどまえ、三週目に桜台へ行ったら、めずらしく伊都子がすでに帰宅しており、「今度ここに住むことになったひと」と慎一を紹介された。忠犬のごとく伊都子の隣に立つ慎一が、「よろしくね」とにこにこした。面食らったが、「よろしくお願いします」と応じていまに至る。

慎一のおかげで、桜台での生活は劇的に進化した。お手伝いさんの引退後は伊都子が買ってくる高級総菜を食べていたのが、高級食材に基づく慎一の手料理に変わった。雑草に侵食されがちだった庭が、青々とした芝生で覆われた。怜は桜台の家でますますすることがなく、時間を持て余すようになったけれど、いつでも温厚な慎一とはまあまあうまくやっていけるし、もちろん文句はない。ただ、ふとした拍子に慎一のなかで吹きすさぶ風の音が聞こえてくる気がする。それについて踏みこんで尋ねたことも、もちろんない。「きっとこのひとにも、いろんな思いや過去があるんだろう」と推測しつつ、素知らぬふりでやり過ごす。

慎一は微笑んだまま言葉をつづけた。

「俺は伊都子さんの考えかたが好き。困ってたら助けてくれそうなの、断然伊都子さんのほうだもん」

大人が、しかも男が、「もん」ってどうなんだと思いはしたが、怜も同感だった。敵だと思われたいひとなんてたぶんいない。けれど大切な相手であればあるほど傷ついたり傷つけたりしたくなくて踏みこめず、敵よりも遠く隔《へだ》てられわかりあえないこともある。

そうか、「さびしい」ってこういうことなんだな、と怜は思った。世界を敵味方に分類して考えるひとは、孤独かもしれないがさびしくはないだろう。だれかとわかりあいたい、一緒にいたいと願わないなら、さびしさだって生じようがない。

それにしても、慎一がいつ伊都子と「七人の敵」について語りあったのか気になる。二人の寝室はべつべつだが、やはり夜か。夕飯の買い出しの指示以外についても、静かに会話するような仲なのか。

慎一はふんふんと鼻歌を歌いだしたが、怜はますます隣の男を直視できず、「こいつ早く風呂から上がってくんないかな」と茹《ゆ》だりながら念じた。

晩は港で、おいしい寿司をたらふく食べた。伊都子を挟んでカウンターに座る自分たちは、「マフィアの女ボスとツバメ一号、二号」に見えるのではないかと、やっぱり気が揉めた。

三、

餅湯《もちゆ》神社の大祭で、竜人《りゅうじん》と心平《しんぺい》は案の定やらかしたらしい。

商店街のつきあいがあるので、怜《れい》ももちろん祭りを手伝いはしたが、問題の現場には居合わせなかった。二人の活躍ぶりは、学校での噂話《うわさばなし》としてちらほら耳に入ってくる程度だった。

当の竜人と心平はといえば、頬や腕にすり傷を負い、重度の筋肉痛にうめきつつ、購買で買ったパンを口に詰めこむばかりだ。進んでしゃべろうとしないことから、手柄は立てられなかったんだなと容易に推測がつき、怜としても二人の愚痴や嘆き節で昼休みの平穏を破られたくなかったため、詳しいことは尋ねず放置しておいた。

そういうわけで、祭りの夜になにがあったかを具体的に知ったのは、もう十二月に入ってからだった。紅葉目当ての観光客のおかげで、餅湯商店街もまあまあのにぎわいを見せる時期だ。怜はその土曜日、丸山《まるやま》の両親が営む喫茶店で立ち働いていた。散策に疲れて一休みする観光客がつぎつぎに訪れ、商店街のなかでも駅寄りにある「喫茶　ぱらいそ」はてんてこ舞いの状態だった。

ふだんは猫みたいに居眠りしながら客を待っている丸山の父親も、店のテレビでひたすらワイドショーを眺めた結果として妙に芸能人情報に通暁《つうぎょう》した丸山の母親も、ほとんど殺気を帯びて調理や接客に勤《いそ》しむ。怜もブレンドコーヒーやらふかふかの卵サンドやらを客のテーブルに運んだり、カウンターのなかで食器洗いをしたりと、腰を下ろす暇もなく店内を動きまわった。

怜が桜台で暮らすあいだは、丸山に「お土産　ほづみ」の手伝いをしてもらっている。その返礼になればと思って、特に繁忙期には喫茶店の店員をするのが常だったが、丸山の両親は怜にちゃんとバイト代を払ってくれる。寿絵《としえ》は丸山に温泉饅頭《まんじゅう》をあげるぐらいなのにもかかわらずだ。怜としては、少しでも喫茶店の役に立たなければと必死にもなる。「おふくろに甲斐性《かいしょう》がないせいで、なんか俺、商店街でも桜台でも気をつかってばっかじゃね？」と内心憤怒に燃えつつ、腕をぶるぶる震わせながらグラスや皿を満載したトレイを持ち運んだ。

夕方近くになってやっと客足が引き、怜も丸山の両親も一息つくことができた。

「今日はほんとに忙しかったわねえ。怜くんが来てくれて助かった」

マル母は怜を隅のテーブル席に座らせ、マル父お手製の洋梨のタルトとブレンドを振る舞ってくれた。「あとはもう大丈夫だと思うから、帰るまえにちょっと休憩していって」

「ありがとうございます。いただきます」

ブラックだと苦くて飲めないので、怜はマル父の目を盗んで、ミルクとテーブル備えつけの砂糖をたっぷり入れた。丸山の両親は丸山同様穏やかな人柄だが、「香り高い自家焙煎珈琲」と看板に謳《うた》われているため、ブラックをたしなめないお子さま舌だと堂々と表明するのはなんとなく気が引けた。こういうところが、「おまえのは性格だよ」と竜人に笑われる一因なのだろう。竜人曰《いわ》く、怜は寿絵の甲斐性云々《うんぬん》とは関係なく、「ほうぼうに気をまわしちゃう星のもとに生まれたんだから、諦《あきら》めるしかない」のだそうだ。

つまり俺は小心なんだよな、とため息をつきそうになったが、まろやかなタルトの甘さにすぐに気を取りなおした。丸山の祖父が開いたという喫茶店は、床板も柱も年月を経て飴《あめ》色に鈍く光り、白かったはずの壁は煙草のためか焙煎のためか薄いコーヒー色に変わっている。ちらほらと残った客はすべて商店街の住人で、カウンター内でキャベツをみじん切りするマル父としゃべったり、スポーツ新聞を読んだりしている。マル母は店内に置かれた観葉植物に水やりをしながら、夕方のニュース番組を眺めていた。

柱時計が「ぼん」と四時半を告げると同時に、店のドアベルが鳴って丸山が絵画教室から帰ってきた。両親と二言、三言交《か》わした丸山は、すぐに怜のいるテーブルまでやってきて向かいに座った。両手にレモンスカッシュのグラスを持っており、そのうちのひとつを怜のまえに置く。コーヒーをもらった直後にレモンスカッシュ。しかし怜は小心なので「いらない」とも言えず、丸山一家の過剰接待をありがたく受け入れた。

「お客さん多かったんだってね。おつかれ」

「うん、マルちゃんも」

二人はストローでちるちるとレモンスカッシュを吸いあげる。水分を摂《と》りすぎではと案じたわりに、酸味は心地よく怜の喉を通過した。

「いま、竜人ちのまえを通ってきたんだけどさ」

「うん」

「店頭で竜人と親父さんが大喧嘩《おおげんか》してた。二人ともアジの干物を投げつけあう寸前で、お母さんに一喝されてた」

「はあ？　なんでそんなことになってんだ」

もともと反発しあう竜人と父親ではあったが、いずれも干物愛は高い。にもかかわらず売り物を武器にしそうになるほどの喧嘩が勃発するとは、怜が思うよりも両者のあいだの亀裂は深刻なのかもしれない。

「やっぱり『宮入《みやい》り』の件がまずかったんじゃないかな」

と丸山は言った。「竜人の親父さん、『厳粛な神事なのにチアリーディングの真似事するたあ、なに考えてんだおめえは！』って激怒してたから」

「……あいつ、祭りでなにしたの？」

「あ、そっか。怜は見てないんだっけ」

餅湯神社の大祭は、別名「暴れ祭り」とも呼ばれる。餅湯町と元湯《もとゆ》町を代表して、ふたつの御《み》輿《こし》が神社から出発し、それぞれの町内を練り歩く。餅湯の御輿は海の神さま、元湯の御輿は山の神さまだと言われているが、詳しいことは御輿をかつぐ住人たちもよくわかっていない。肝心なのは、どちらの神さまも御輿を激しく揺らされたり破壊されたりするのが大好きだ、ということだ。

なんで神さまのくせにそんなに暴力的なんだよ、と怜などは頭を抱えてしまうのだが、祭りは必然的に、のどかな温泉街にふさわしからぬ勇壮さを帯びる。具体的には、商店街の一角にある小さな祠《ほこら》のまえで御輿をがんがん地面に叩きつけ、河口近くの橋から川に御輿を投げ落とし、引っぱりあげたと思ったら今度は浜辺まで盛大に揺らしながらかついでいって焚き火に投げこみ、いぶされて焦げかけた御輿を仕上げに海へ放りこむのである。

たぶん元湯町でも、御輿は似たような目に遭っているはずだ。当然、祭りのたびに御輿はぼろぼろになるので、修理したり新調したりするために、町内会では「御輿積み立て」があるぐらいだ。餅湯神社に祀《まつ》られている神さまたちはマゾなんじゃないか、と怜は思うのだけれど、とにかく乱暴狼藉《ろうぜき》をすればするほど神さまが喜ぶという言い伝えなのだからしかたがない。

変わった祭りなので観光客もそれなりにやってくるし、観客がいたらその期待に応えたくなるのが人情というものなので、御輿への破壊活動は今年も熱心に行われた。「お土産　ほづみ」の唯一の男手として、怜も商店街の半被《はっぴ》を着て参加せざるを得なかった。怜にしょっちゅう無理無体を強いる寿絵のほうが、御輿に対する過激な行為にも向いていると思うのだが、原則として男性しか参加できないことになっているためだ。

なんという理不尽。まあとりあえず現場に行って、昨年までと同様、遠巻きに御輿を見ていれば近所への義理ははたせるだろうと怜は思ったのだが、寿絵から「はいこれ」とあたりまえのように角材を渡された。どっから拾ってきたんだよとたじろぐも、寿絵は店頭に立ち、道ゆくひとに笑顔で餅湯温泉饅頭の試食を呼びかけている。男衆が御輿を相手に大暴れしているあいだ、女性陣は商店街で観光客を相手に振る舞い酒をしたり土産物をさりげなく勧めたりと経済活動に忙しい。反抗しても無駄だろうと諦め癖が出て、しかたなく角材を手に海のほうへ下りていった。

そこからの数時間、御輿について歩くことになった。竜人と心平はもちろん率先して御輿をかつぎ、要所要所で御輿を地面に叩きつけていた。叩きつけられた御輿に男衆が殺到し、押し転がしたり乗っかったりする。そのたびに観客からはどよめきや歓声が上がる。怜はもっぱら、川に落とされた御輿を引きあげたり、浜辺で大きな焚き火の準備をしたりと、荒事にはかかわらないようにしていたのだが、祭りで高揚した商店街のおっちゃんたちは、「おまえもやらんかい」とうながしてきた。

「神さまに喜んでもらって、商売繁盛を祈願しないとな」

とのことで、神頼みだから餅湯商店街は斜陽の坂を転がり落ちているのではないかと思ったが、子どもみたいに目を輝かせているおっちゃんたちの気持ちに水を差すのも憚《はばか》られ、角材でぽこぽこと御輿を叩いておいた。ふだんはものやひとに対して角材を振るいたいなどと思ったことすらないのだが、怜も祭りの熱気にあてられたのか、実際にやってみたらちょっとスカッとした。

おそろしい。もしかして俺には秘めたる暴力性が……、と自身に対して少々疑念を覚えた瞬間、心平が「どりゃあ！」と御輿に跳び蹴りを食らわせ、焚き火へ突きこんだ。「おおー！」とその日一番のどよめきが上がる。いくら乱暴にするのがしきたりとはいえ、よく御輿に対してそんな思いきったことができるな、と怜は感心した。やっぱ俺はここまでの獣じゃないや。

跳び蹴りした勢いで砂浜に転がった心平は、棒のごとくびよーんと起きあがり、今度は焚き火のなかでくすぶる御輿を海へと引きずりはじめた。おっちゃんたちも我先に御輿に取りつき、かつぎあげて、飛沫《しぶき》を上げてえっほえっほと海に入っていく。

「怜、行くぞ！」

竜人が怜の腕をつかみ、海へと走りだした。

「えっ、やだよ！」

と叫んだのだが、ろくに抵抗するまもなくズックが波に濡れ、気づいたときには腹まで水に浸《つ》かっていた。

言うまでもなく、十一月の海は冷たい。しょっぱい波に翻弄《ほんろう》されながら怜はぶるぶる震え、即座にまわれ右して陸に戻ろうとしたのだが、そこで気がついた。浜辺には観光客や町内会のおじいさんたちが大勢いて、「もっとやれー！」と大盛り上がりしているのだ。怜一人がすごすご海から上がったりしたら、「おまえは腑抜《ふぬ》けか」ということになりかねない。

同調圧力、つらい。怜は海中でもったりと足踏みしながらその場にとどまり、「御輿への乱暴狼藉になんとなく加わっているひと」を装った。竜人も心平もおっちゃんたちも唇を紫色にして、しかし楽しそうに御輿をひっくり返したり波に沈めたりしている。心平が御輿の屋根に馬乗りになり、てっぺんについている鳳凰《ほうおう》の飾りを引っこ抜いた。そのまま波間に投げ捨てようとしたので、

「心平！」

と慌てて声をかけ、手を上げて合図する。紛失して飾りを新調するとなったら、商店街の積み

立てではたりなくなるおそれがある。

　中空で弧を描いた金色の鳳凰を、怜は無事にキャッチした。正確に言えば完全に無事ではなく、鳳凰の翼が怜の顎の下をチョップする形となり、むせながら痛みに涙ぐんだ。なぜこんな目に……。見上げた空を覆う灰色の雲、絶え間なく打ち寄せる冷たく白い波。寒さで感覚が麻痺したのか、浜辺の歓声もぼんわりと籠《こ》もってすでに遠い。潮の香りを吸いこみながら、怜は胸に鳳凰を抱え海のなかで立っていた。

　海中での儀式は五分ほどだったはずだが、一時間ぐらいに感じられた。えっほえっほと御輿を浜に引き戻し、みんなで焚き火を囲んで暖を取る。おっちゃんたちは振る舞い酒をがぶ飲みしていた。怜は竜人から、保温水筒に入れたあたたかいお茶をわけてもらった。それでも歯の根が合わない。

　祭りはこのあと、御輿が神社に帰る「宮入り」へと移行する。餅湯町と元湯町の男たちがふんどし一丁になり、神社の階段を駆けあがるのだ。餅湯町の人間が一番乗りをすれば、餅湯の御輿がさきに神社の階段を上がる権利を得る仕組みだ。餅湯が勝てば、その年は豊漁、元湯が勝てば豊作になると言われている。だから漁師や農家のおっちゃんたちは、特に張りきって階段を駆けあがる。

　竜人や心平をはじめ、「宮入り」に参加する心づもりのあるものは、あらかじめ海岸に着替えやタオルを準備しておく。浜辺かつ衆目にさらされているというのに、おっちゃんたちが広げ持つバスタオルの陰で、竜人も心平も器用にふんどしを締めた。新しいズボンを身につけたのち、裸の上半身を猛然と乾布摩擦する。見ているだけで寒い。怜は焚き火のそばから腰を上げた。

「怜、帰っちゃうの？　こっからが本番なのに」

と声をかけてくる心平に無言で手を振り、身を縮めて鳳凰を抱きこむようにしながら、商店街の坂を上がった。歩くたびに濡れたズックがぬっちゃぬっちゃと音を立てる。湿った半被が背中に張りつき、風が吹き寄せては体温を奪っていく。

商店会長が営む茶葉屋に鳳凰を届け、帰宅した怜はすぐに風呂に入った。湯にほぐれる皮膚がぴりぴりした痛みを発するほど、全身がかじかんでしまっていた。その後、めずらしく頻繁に客が訪れる「お土産　ほづみ」の店番を務めつつ、餅湯神社へ帰るために商店街を通り過ぎる御輿を眺めた。御輿は「あばら屋のミニチュア」になりはてている。竜人と心平は興奮が極に達したらしく、どこで服を脱ぎ捨てたのか、すでにふんどし一丁になって誇らしげにあばら屋をかついでいた。

「あんたは『宮入り』に行かなくていいの？」

と寿絵に言われたが、怜は聞こえないふりをして、「いかがですか」と餅湯温泉饅頭を通行人にアピールすることに専念した。

「怜には若さってもんがないのよねえ」

寿絵がわざとらしくため息をつき、洗濯物を取りこむために二階へ上がっていった。怜としては納得がいかない。「若さ＝ふんどし一丁」「若さ＝祭りでおおはしゃぎ」なのか。ちがうだろう。商店街でのひとづきあいを円滑にするために冬の海でずぶ濡れになり、家に帰ったら飯も食わずに饅頭販促に勤しむ孝行息子に対して、過剰な要求はやめてもらいたいものだ。怜はただ、なるべく静かに穏やかに日常を重ねていきたいだけで、それもまた若さの表れ、未来への希望と期待を表明するありかたのひとつだと思うのである。

怜が平穏を望むのは、母親が二人いて二重生活を営んでいること、店の売り上げが思わしくなく経済的不安が常に頭をかすめることと無関係ではないかもしれない。刺激や「いま以上」を求めるだけの精神的余裕がなかったし、自分にできることがあるのかどうかも判然とせず、なにかもにあせりを感じてもやもやするばかりだ。このもやつきこそが「若さ」の実態だと言うひともいるはずだが、当然ながら若さのまっただなかにいる怜としては、自身のもやつきを丸ごと受け入れて安らぐことなどできず、「もっとぼこぼこ御輿を叩いてやればよかった」とひたすらいらいらしながら、愛想よく観光客にお釣りを渡すのだった。

「それで正解だよ」

と、「喫茶　ぱらいそ」で向かいの席に座った丸山が言った。祭りの日のことを思い起こしていた怜は、

「え?」

と、浮遊していた意識を引き戻す。

「『宮入り』に参加しなくて正解」

丸山はストローを氷の隙間にねじこみ、レモンスカッシュをしまいまで吸いあげた。「俺んとこは、御輿の『お練《ね》り』には父さんが参加したんだけど、そのあと風邪引いて丸一日寝こんだし」

そうだったのか。そういえば、御輿への乱暴狼藉の場に丸山はいなかった気がするし、マル父が浜辺の焚き火にあたっていた気がする。丸山一家は物腰がやわらかいがゆえか、総じて印象の

薄さを否めないのである。

「俺は父さんとバトンタッチして、『宮入り』のほうに行ったんだ」

丸山が祭りの晩の顚末《てんまつ》を語りはじめた。「といっても、もちろんふんどし一丁なんてごめんだから、あらかじめ拝殿のまえに陣取ってたんだけどね」

いよいよ祭りのメインイベントとあって、餅湯神社の境内には大勢が詰めかけていた。餅湯と元湯の住人、観光客はもとより、地元の新聞社とローカルテレビ局の記者やカメラマンも待機している。木々の梢《こずえ》は夜空に向かってざわめき、境内のあちこちに設置された篝火《かがりび》が季節はずれの蛍《ほたる》のように火の粉を散らす。

神社の石段の下から、人々の熱気が伝わってきた。町内を練り歩いたふたつの御輿が到着したのだろう。かつぎ手や御輿につきそっていた男衆は、石段を駆けあがるために当然ふんどし一丁になっているはずで、ほぼ全裸の男たちが暗闇のなか密集しているのかと思うと、丸山はややげんなりした。

「石段を上がりきったら、参道がカギ形になってるでしょ」

「うん」

怜は餅湯神社の境内を思い浮かべる。石段を上がってすぐに右折、二十メートルほど進んだら左折して、拝殿正面へと直進する形だ。一番乗りになるためには、このふたつの角をいかに攻略するかが重要とされる。昨年、竜人はふたつ目の角を曲がる際に、石屋のおっちゃんの屈強な肉体にはじき飛ばされ、その隙に強靭《きょうじん》な足腰を備えた漁師の田丸《たまる》さんに差をつけられて、惜しくも一番乗りを逃したのだった。

「一番乗りの判定は商店会長さんに任せて、俺は拝殿の正面にあたる角地に立ってた」

と、丸山は回想をつづけた。コーナーでのつばぜり合いを見物しようと、角地は都会の通勤電車なみの混雑だった。参道沿いの最前列には、ぬかりなくカメラマンたちが並んでいる。丸山は、「人口密度が高くて、あったかくていいや」と思いつつ後方に収まったのだが、人々の熱気にこねまわされ翻弄されるうち、気づけばカメラ列のすぐうしろまで押しだされてしまっていた。丸山の話に耳を傾けていた怜は、「無欲の勝利というか、存在感のなさがいかんなく発揮された結果というか、さすがマルちゃん」と思った。

ドコドコドコと大太鼓が打ち鳴らされた。闇に低く響く太鼓は否応なく人々の鼓動を高めていき、ついにドーンと大きく強くひとつ鳴った。

それを合図に、石段の下から「うおーっ」と男衆の雄叫びと熱気がせり上がってきた。ヌーの大群がいっせいに走りだしたような、殺気立った足音がどんどん近づいてくる。境内に集まった観客も期待をこらえきれず、あるものは歓声を上げ、あるものはカメラをかまえて、石段のほうを見た。

石段を上りきってまっさきに境内に姿を現したのは心平だった。元湯町の住人だろう若者と竜人、漁師の田丸さんもすぐあとにつづく。丸山もさすがにテンションが上がり、

「心平ー！　竜人ー！」

と声援を送った。ふんどし一丁でランニングシューズを履いた心平たちは、必死の形相で最初のコーナーに差しかかる。元湯町の若者が、最短距離でのコーナリングをしようといっそう集中力を高め、太腿《ふともも》の筋肉に力がみなぎったのが篝火のもとでも見て取れた。先頭を行く心平は勢い

がつきすぎて角を鋭く曲がれず、バランスを崩す。やや不利か、と丸山が思ったとたん、

「竜人！」

と心平が急停止し、中腰になって、水をすくうように脚のあいだで両手をそろえた。「行けえ！」

「よっしゃあ！」

あとから駆けてきた竜人が、心平の手に左足を載せた。

「ふんぬううう！」

「うおおおおお！」

心平が渾身の力で竜人の体ごと両手を天に突きあげ、竜人は心平の手をスプリングがわりに、華麗に宙を舞った。

観客がどよめきカメラのフラッシュが吹雪さながらに閃《ひらめ》いて、境内はその一瞬、昼間と変わらぬ輝きに満ちた。丸山は見た。白い光のなか、己れの頭上を飛んでいくふんどし一丁の竜人を。

ふたつ目のコーナーをショートカットするため、竜人と心平は空中戦に打って出たのである。

しかし弾丸のごとく中空を切り裂いたはいいが、着地についてまでは考えがまわっていなかったようで、角地を飛び越えた竜人は拝殿まえの参道に派手に転がった。一番乗りの栄誉は順当に元湯町の若者が手に入れ、参道に倒れ伏した竜人とひとつ目のコーナーのさきで立ち止まっていた心平は、つぎからつぎへと境内に走りこんでくるふんどし一丁の男衆に踏まれたり突き飛ばされたりするはめとなった。

「しょうがないから、俺が竜人を角地に引きずりこんで、避難させてあげたんだ」

なるほど、見事なコンビネーションプレイで華麗に宙を舞ったから「チアリーディング」なのか。怜は思わずこめかみを揉《も》んだ。頭痛がする。「暴れ祭り」と言われてはいるが、餅湯神社の大祭はれっきとした神事なのだ。愚策を弄してショートカットを狙うなんて、怒られて当然だ。

「そういうわけで竜人も心平も、じいさんたちにこってり絞られたんだけど」

と、丸山も処置なしと言いたげに首を振った。「さらにまずかったのが、竜人がそれでへこむどころか、見物に来てた秋野《あきの》さんといちゃいちゃしはじめたことで」

「まさか、竜人の親父さんに見られたのか？」

「うん、拝殿の陰にいるところを、ばっちりね。『チャラついてる場合かー！』ってますます態度を硬化させちゃったらしくて、竜人はいま、元湯町へ干物の配達に行かせてもらえないんだって」

そのためストレスが溜まり、店頭で壮絶な親子喧嘩を繰り広げる事態に陥《おちい》っているということのようだ。佐藤《さとう》干物店のアジが怒りの炎に炙《あぶ》られ鰹節《かつおぶし》ぐらいに固くならないことを祈る。

顛末を聞いた怜はあまりのくだらなさにあきれたが、ちょっとうらやましくもあった。激しく息子に感情をぶつける竜人の父親も、愛美《まなみ》に恋焦がれて会いたくてたまらないらしい竜人も、怜にとっては遠い惑星の住人のように感じられる。そんなにも心を開いたり、だれかを求めたりする局面は、このさきどれだけ生きても自分には訪れないような気がした。

週が明けて、餅湯高校は期末試験に突入した。

怜は日ごろから要領よく勉強をこなすタイプなので、試験のために特に身を入れるということもない。たぶん、藤島《ふじしま》も同様だろう。旅館の跡取り息子としての自覚にあふれた藤島は、家の手伝いをしつつ、経営や経済を学ぶために大学進学にもきちんと備えている。丸山は美大志望なので勉強よりもデッサンのほうに熱心だが、そもそもの真面目《まじめ》な性格が功を奏し、成績は中の上を維持できているようだった。竜人と心平が勉強などするはずもないのは、言わずもがなだ。

そんなこんなで怜たちにとっては、「試験期間中はだいたい四時間目までで終わるから、楽でいいなあ」という程度の認識しかない。試験初日の月曜の昼休みも、ノートを開くでもなく屋上へ通じる階段室の踊り場でのんびりとしゃべっていた。十二月初旬ともなると、そろそろ寒さも本格的で、屋上に出て昼飯を食べるのは断念せざるを得なかったのだ。

怜は遺跡弁当を教室の日当たりのいい窓辺に置いておいたのだが、それでも唐揚げの芯が解凍しきらず、少々じゃりじゃりしていた。いやな季節になったものだ。やっぱり家で電子レンジを使うしかないか、でも電気代がなあ、などと考えていたら、

「また縄文式土器が盗まれたんだって」

と丸山が言った。

「え、餅湯博物館の？」

心平が焼きそばパンをリスみたいに頬に詰めこんだまま尋ね、

「ニュースになってたか？」

と藤島が首をかしげた。竜人はスマホで愛美とやりとりしているらしく、ぽこんぽこんぽこんとひっきりなしにメッセージアプリの着信音がする。うるせえ、もう通話しろよ、と怜は思った。

「なってないと思う」

丸山が弁当箱の隅に残った飯粒を箸でつまんだ。「二度目だし、縄文式土器なんて地味だしね」もしやマルちゃん、俺がこのあいだ地味って言ったの気にしてたのか。土器は地味かもしんないけど、マルちゃんのことジミーだなんて断じて思ってないからな。ちょっと存在感薄いかもって気がしなくもないけど。怜は緊張しつつ丸山をうかがい見た。丸山に他意はなかったようで、

「昨日、絵画教室で聞いたんだ」

と淡々と話をつづけた。

丸山は土曜と日曜の日中、絵画教室でひたすらデッサンの練習に励んでいる。ついでに幼年クラスの面倒を見たりもして、けっこう楽しそうだ。餅湯城のなかにある博物館で再び土器の盗難事件が起きたことは、幼年クラスの子どもたちを迎えにきたお母さん連中から聞いたらしい。女性陣の口コミネットワークは強靭だし、教室は餅湯城の丘の麓《ふもと》にあるため、いち早く情報が伝わってきたのだろう。

「そういえば俺、昨日東京行ったんだわ」

と、パンを飲みこんだ心平が言った。心平、バカか貴様は。怜の内心はさらなる緊張で満たされた。なぜ急に「東京」などという華やかそうな話題を振るんだ。マルちゃんが縄文式土器の話をしてるんだから、ちゃんと聞け。

「ほら、うちって親父が単身赴任中だろ？」

気を揉む怜をよそに、心平は朗らかにつづける。「でも、今日から東京の本社に出張らしくて、じゃあせっかくだから日曜に東京で落ちあって観光でもしよっかって、おふくろと妹と行ったわけ」

心平の父親は大手電機メーカーに勤めており、心平の母親とは餅湯近郊の工場勤務だったときに知りあって結婚したのだそうだ。しかしここ二年ほどは妻子を餅湯に残して博多支店で働いていて、しょっちゅう「さびしい」とスカイプで訴えてくるらしい。

東京でひさびさに再会をはたした心平一家だったが、両親は日本橋の商業ビルに入ったレストランで二人の世界を築きあげてしまい、話がつきない様子だった。心平と小学五年生の妹、菜花《なばな》は、感じやすいお年ごろということもあって、でれつく両親を見るのがいたたまれず、邪魔をしては悪いかなという思いもあって、ビルの周辺を探検してみることにした。

「でも、道がよくわかんないし、ひとが多いしで、いつのまにか裏通りを銀座のほうまで歩いちゃってたんだよね」

その通りには大小さまざまな骨董屋が建ち並んでいた。ショーウィンドウには青銅器の立派な龍の置物が飾られていたり、なにやら煤《すす》けた古文書らしきものが埃《ほこり》をかぶっていたりした。菜花はわりと渋好みなので、喜んでショーウィンドウをひとつひとつ覗《のぞ》き歩いた。心平は「無料の博物館みたいだな」と思いながら、妹のために値札に書かれた説明書きを読みあげてやった。

「って言ってもむずかしい漢字ばっかで、『中国　ほにゃらら時代』なんて誤魔化すしかなかったんだけどさ」

それでも菜花から尊敬の眼差しを浴び、いい気分で散策をつづけていた心平は、間口の狭い骨董屋のまえでふと足を止めた。ショーウィンドウに、ぐねぐねとした装飾が施された縄文式土器らしきものが置いてあったからだ。

よかった、と怜は胸を撫でおろした。どうなることかと思ったが、話が土器につながった。心平は丸山を無視したのではなく、心平なりの連想が働いて、唐突とも感じられる「東京」発言をしたのだと判明した。そうだよな、心平はバカだけど、マルちゃんをそっちのけにするようなやつじゃないもんな。友を信じきれなかった自分を恥じ、怜は全力で心で詫《わ》びた。

「その土器を見てたら、なんか切なくなった」

怜の内心に吹き荒れた小さな嵐を知る由《よし》もなく、心平は呑気《のんき》に言った。「俺が作った土器も、盗まれてどっかで売られちゃってんのかなあって」

「ちょっと待て」

と怜は詫びを棚上げして言い、

「いま聞き捨てならない発言があったな」

と藤島も同意した。「『作った』ってどういうことだ?」

「うん、俺も土器の現物を見るうちに思い出したんだけどね」

心平はなぜかえらそうに胸を張った。「小学六年のときかな、校外学習で餅湯城の博物館に行って、縄文式土器を作ってみたじゃん」

そんなのやったっけ? 怜は丸山に視線を送った。丸山も記憶を探る目になって、

「俺は火おこし体験をした気がするけど、班でわかれたのかも」

と首をかしげている。

「覚えてる覚えてる!」

はしゃいだ声を上げたのは竜人だ。やっとぽこんぽこんが一段落したのか、スマホを床に置いて身を乗りだしてきた。

「心平、むっちゃ土器作んのうまかった！」

「おお、覚えてたか覚えてたか！　そうなの、俺うまかったんだよ。もっと言って」

「博物館のひとに、『きみは縄文人の再来だ！』って褒められてたよな」

「まあね、それほどでもあるんだけどね」

と心平は上半身をくねらせて照れている。勉強はさっぱりで、試験に備えてノートを開いたところで落書きだらけというていたらくだが、それゆえと言うべきか、竜人も心平も教室以外での出来事については印象が深いようだ。

「俺、うれしくてさ。そのあともしばらく一人で博物館に通って、学芸員さんと一緒にいっぱい土器作ったんだ。竪穴式住居のまえで、ちゃんと野焼きもしたんだよ」

心平は過去の栄光をたどる目つきになった。「なんか人形みたいな……。ほら、なんだっけ、あれ」

「土偶？」

と、丸山が助け船を出した。

「そうそう。ドグーも作った。学芸員さん、『すごいねえ』って喜んでくれて。かなりの傑作群だったから、たぶん博物館のどっかにまだ置いてあると思うんだけど」

土器や土偶を量産するな。偽造っていうんじゃないのか、そういうの。怜はめまいを禁じえなかったが、感心もした。たしかに縄文人なみのたくましさを有する心平だが、まさか土器づくりに秀でていたとは予想外で、人間どんな才能がひそんでいるかわからないものだ。

しかし現代の生活において、土器を作ってもてはやされる機会はあるだろうか。たとえば江戸時代にも天才的なハッカーの素質があるひとは必ずいたはずで、けれど本人はもちろんその事実に気づくことなく、べつの仕事をして一生を終えたのだろう。そう考えると、心平の土器づくりの才能も宝の持ち腐れと言えるかもしれず、なるほど切ないなと思うのだった。

むろん、心平が骨董屋で土器を見て感じた気持ちは、切なさというより、「もしかして俺の土器も、だれかの家の庭先で植木鉢がわりに活用されちゃってんのかなあ。勝手に盗んで売らないでほしいよね」という義憤に近いものなのだろう。

「あの博物館の警備、まじでゆるゆるなんだな」

と不満そうだった。語彙《ごい》がやや少ないがゆえに、心平はほとんどすべての感情を「楽しい」「悲しい」「腹へった」のどれかに分類する。だからこそ、例外的に放たれた「切ない」は、自身のなかに渦巻く思いと考えの複雑さを全力で言語化した表現なのだと察せられ、怜としては友の気持ちを受け止めたい。

しかし、心平作の土器が博物館に残っていて、あまつさえそれが盗まれたなどとは、どうしても思えなかった。怜だけでなく、心平以外のこの場にいる全員がそう感じているようだった。いくら土器づくりがうまかったとしても、所詮は小学生の手によるものだし、餅湯博物館といえどさすがに収蔵品の真贋《しんがん》は見定めているはずだ。

「よっしゃ」

竜人があぐらをかいた両膝を叩き、立ちあがった。「とりあえず放課後、警備状況の視察に行ってみよ」

昼休みじゅうに愛美に会いにいきたいが、心平の主張を「んなわけあるか」と頭ごなしに退けるのも心が痛み、さりとてこのままでは話を切りあげられないので、苦肉の策として「警備状況の視察」を提案した、といったところだろう。

「え、今日？」

怜の問いかけに、早くも階段を下りかけていた竜人はちょっと振り返り、

「うん、暇だし」

と当然のように言った。たしかに部活は休みだけど、それは試験期間だからであって……、と思ったが、そういえば竜人が翌日の試験科目の勉強などするはずがないのだった。

その点に関してはこの場にいるメンツ全員に言えることで、竜人を見送った丸山は、

「たまには博物館に行ってみるのもいいかもね」

とうなずいた。「怜は？　ちょっと店番抜けられそう？」

「うん。昨日カレーにしたから、夕飯の準備はなんとでもなるし」

「俺はパス」

と藤島が言った。「今日は団体さんの予約が入ってて、宴会の配膳を手伝わないといけない」

「またまたぁ、そんなこと言って藤島、試験勉強するつもりじゃないの？」

心平が茶化したが、

「女子かおまえは」

「なんで女子って、『勉強してる？』『ぜんぜんだよー、やばいー』って会話しがちなんだろう」

「そう？　男だって、言ってるやつはいる気がするけど。とにかく、心平は寄り道しないで、帰って勉強したほうがいいよ。一緒に三年生になろう！」

と残りの三者に切って捨てられた。

「やだ！　俺も博物館行く！　俺の土器が危機なんだから！」

「はいはい、じゃあ昇降口で待ちあわせな」

という次第で、藤島を除く面々は放課後に餅湯城のある丘を目指すことにあいなった。


餅湯駅前から乗った路線バスは、海岸沿いの道を走ったのち、緑の丘を上って餅湯城のまえに到着した。

「いつ見てもしょぼいなあ」

「国道沿いによくある日帰り温泉施設みたいだよね」

バスを降りた心平と丸山が、コンクリート製の餅湯城を見上げて嘆く。

「いっそのこと温泉引いたほうが、ひとが来てよかったんじゃねえか」

竜人はそう言って、さっさと城へ向かった。怜もマフラーを巻きなおして海からの風を防ぎつつ、あとにつづいた。城の出入り口はガラスの自動ドアで、時代考証がおかしい。ドア横の壁には、「餅湯町立博物館へお越しのかたは、入って右手の受付へ」と手書きされた紙が貼ってあった。看板ぐらい作ればいいのに、博物館の目印になるものといえばその紙ぐらいだ。校外学習で来た小学生のころも薄々感じたことだが、なにもかもが残念である。

人手がたりないのか、受付カウンターには湿ったモップが立てかけられているばかりで、無人だった。募金箱のようなものが置いてあって、「入館料はこちらに」とこれまた手書きの紙が添えられている。料金表によると学生は百円とのことで、怜たちはおとなしく金を入れた。

こんな調子ではタダで入館する不届きものもいるのではと思ったが、ロビーからしてなぜだか展示室なみに薄暗く、天井に取りつけられた蛍光灯がじじ、じじ、と心もとなく鳴っていた。よく見ると、切れかけの蛍光灯に虫のように小さな黒い点が走っている。いまどき、LEDじゃない！　正真正銘、昔ながらの蛍光灯だ。怜はびっくりし、「あまりの哀れっぽさに、受付のひとがいなくても金を払わずにはいられなくさせる、って戦法なのかもな」と無理やり自分を納得させた。

すでにして気が滅入りつつ足を踏み入れた展示室には、予想を裏切ることなく一人も客がいなかった。それもそのはずで、ガラスケースのなかにはホルマリンに漬けられ退色したヘビやら、ところどころ毛が抜けた猪《いのしし》の剝製《はくせい》やらが陳列されていて、受け止めかねるやるせなさの集積といった様相を呈していた。

「餅湯のいきものたち」と題された壁の説明書きパネルを読み、怜はため息をつく。特筆すべき生き物がいないようなのに、なぜこんなコーナーを作ってしまったのだろう。パネルはさすがに活字だったが、誤字があったらしい部分にはシールが貼られ、うえからやっぱり手書きで正しい文字が記されていた。ちなみに手書きだったのは、「完璧なる調和のもと、餅湯ではさまざまないきものが」というくだりの、「壁」の字である。「壁」となっていたんだろうなと推測され、どんなワープロソフトを使って文面を作成したんだよ、全然「完璧なる調和」が取れてないじゃないかと、とどめようもなくため息が連発された。

木製の巨大な脱穀機が展示された「餅湯の農具」コーナーを眺めていた丸山が、

「博物館て、こういうもの？」

と遠慮がちにつぶやいた。

「ほかをよく知らないけど、たぶんちがうと思う」

と怜は答えた。脱穀機の隣にどこにでもありそうな鋤《すき》が置いてあって、気が遠のきかけた。

「おーい、怜！　ジミー！」

博物館にふさわしからぬ大声で心平が呼んでいる。奥のスペースに行ってみると、ガラスケースに縄文式土器がいくつか並んでいた。掌サイズの円柱形の土器もあり、説明書きによれば縄文時代のピアスらしい。こんなものを耳たぶに貫通させてたのかと、怜は縄文人のワイルドさに怖《お》じ気《け》をふるった。ただ、ネックレスやブレスレットにしていたというきれいな翡翠《ひすい》のビーズ玉もあって、何千年もまえのひともおしゃれが好きだったんだなと親近感も覚えた。

美的感覚がなければ、縄文式土器は作れないだろう。展示されている土器は大きめの植木鉢サイズで、どれも縁《ふち》の部分に逆巻く波のような装飾があった。台風が来たときの餅湯の海そのものだ。竪穴式住居で嵐を避けつつ、土をこねてふるさとの情景を土器に活写したのだろうか。永遠に近い時間、波濤《はとう》は砕ける寸前の姿をこの土器のうえでとどめているのだと思うと、怜は空恐ろしくなった。とうに世を去ったひとの息吹が生々しく伝わってきたからだ。

だが、竜人はそんな物思いとは無縁の人物だ。ガラスケースの引き戸をがたがた揺らし、

「ちゃんと鍵はかかってるな」

と言った。

「まあ、針金かなんかですぐ開けられそうだけどね」

丸山がかがみこんで、引き戸の合わせ目についた出べそみたいな丸い錠を確認した。「侵入経

路がわかんないからなんとも言えないけど、もしかしたら収蔵庫から盗まれたのかも」

心平はガラスケースのまえにしゃがみ、うんうんうなっている。

「どうした」

「これ、俺が作ったやつかなあ。なんかそんな気もするんだけど」

そう言って心平が指したのは、波のような装飾がついた土器のなかでも、怜が最も心惹かれたものだった。

「おまえ、ずうずうしい」

怜はあきれた。「小学生にこんなの作れるわけないだろ」

「うんにゃ。俺まじで相当うまかったんだって。くそぅ、あのときの学芸員さんがいれば証言してもらえんのに」

そこで一同は受付に取って返し、「すみませーん」と声を張りあげたが、やはり館員はだれも出てこなかった。盗難事件が二度も発生しているというのに、不用心なことこのうえない。

「心平作の土器を展示してる可能性が高まったな」

と怜は笑った。「盗まれてもいい偽物だから、こんなに警戒心がないんだ」

しかし心平は皮肉をものともせず、

「俺の傑作なんだから、大事にしてほしいよ」

と真剣に自称「自作」の土器を案じていた。

そろそろ帰らなければ、腹をへらした寿絵が「一人暴れ祭り」を開催しかねない。再びバスに乗って丘を下りた。最後部の座席に並んで腰かけ、怜は暗くなった窓に顔を寄せる。たまに対向車のヘッドライトがよぎるぐらいで、なにも見えない。

「心平、土器にサイン入れなかったの？」

と、丸山が小声でしゃべっている。「小学生のころ、サッカー選手になったときのためにサインを考案してたじゃん」

「黒歴史をほじくんのやめれ。うーん、サインは入れなかったような……」

「なにか目印があれば、あれが心平の土器かどうかわかるのにね」

「ジミーくん！　おまえは俺の土器づくりの腕前を信じてくれたんだな。ありがとう、ありがとう！」

竜人は眠ってしまったらしく、ズボンのポケットからぽこんぽこんと着信音が響いても、背もたれに深く身を預けたままだった。


家に帰った怜が台所で鍋のカレーをあたためているところへ、藤島から電話があった。

「怜、悪い。もち湯ちゃんストラップの在庫あるか？」

「繁殖してんじゃないかと思うほどある。どうした？」

「今日の団体さん、フランス人の一行なんだけど」

「フランス人て団体旅行するんだ」

「うん、うちでもはじめてだけど、するひともいるっぽい。問題はそこじゃなくて、もち湯ちゃんストラップだ」

藤島によると、団体客のうち数名が、日中に商店街を散策したとき、もち湯ちゃんストラップを「カワイイ！」と購入したらしい。それを旅館で一息ついてから仲間に見せたところ、「私も欲しい」という声が相次いだ。ところが藤島旅館の売店には、あいにくもち湯ちゃんストラップが三つしかなく、まったく数がたりないのだという。不人気商品なので、それもいたしかたない。売店の係のひとは、まっとうな在庫管理を行っていたと言えよう。

「明日の朝、大型バスで出発するから、商店街に寄ることができないんだ」

と藤島は言った。「『もち湯ちゃん欲しかった』ってみんな残念がってて、できれば出張販売に来てもらえたらと思ってさ」

「わかった。何個ぐらい必要？」

「三十個あればたりる。余ったら卸値《おろしね》でうちが引き取るし、もちろん今夜の売り上げは全部そっちで」

「まいどー。すぐ行く」

通話を終えた怜はものの三分でカレーライスをかきこみ、寿絵のぶんを器に盛って一階に下りた。

「ちょっと藤島旅館に行かなきゃなんないから、ここで食って」

カレーのにおいが充満した土産物屋になってしまうが、どうせ客などほとんど来ないのでかまうまい。怜は商品棚の下から、もち湯ちゃんストラップが詰まった段ボール箱を引っぱりだした。

「いいけど、どしたの」

さっそくカレーを食べながら、寿絵が怪訝《けげん》そうに尋ねてくる。

「もち湯ちゃんがフランス人に大人気」

「うそー！」

けたけた笑った拍子に気管に飯粒が入ったらしく、寿絵は盛大にむせた。「不思議な感性。フランス人に擬態した地球外生命体なんじゃないの」

「失礼だぞ」

怜はエコバッグにもち湯ちゃんをざらざら移した。さんざんな言われようのもち湯ちゃんだが、よく見ればかわいくなくもなくもないのだ。

寿絵が手早く用意したお釣りセットを受け取り、怜はママチャリに乗って元湯町の藤島旅館へ向かった。

餅湯と元湯を結ぶ道は、おおまかに言ってふたつしかない。海沿いの細い道を行くルートか、餅湯神社の石段まえの道を行く、餅湯山の中腹を抜けるルートだ。前者のほうが起伏がないから、自転車を漕ぐのは楽だが、海岸線に沿って道がうねうねしているため、距離は長く時間もかかる。怜は少々迷ったすえ、餅湯山ルートを選んだ。

街灯もまばらな道を、立ち漕ぎして必死に上る。無駄に体を鍛えている竜人に漕がせて、二人乗りすればよかったなと後悔した。太腿が痛くなってきたころ、やっと元湯町の明かりが木々のあいだから見え、下り坂になった。帰りは絶対に海岸ルートにしよう。

藤島旅館は老舗《しにせ》にふさわしく、立派な破風《はふ》のある純和風の建物だ。駐車場の隅に自転車を停め、玉砂利を踏んで玄関に近づくと、番頭さんがすぐに気づいて大きなガラスの引き戸を開けてくれた。

「夜分にわざわざすみません。助かりました」

怜の祖父と言ってもいい年齢なのに、番頭さんは丁寧な挨拶をする。

「いえ、こちらこそ」

旅館に泊まったことはもちろん、品物を卸《おろ》しにきたこともない怜は、どうしたらいいのかわからずもごもご答えた。

番頭さんに案内された大広間では、フランス人の老若男女が盛んに飲み食いしていた。みんな温泉に浸かったあとらしく、浴衣をちゃんと着こなしている。料理について仲居さんに質問し、説明にふむふむとうなずくおじいさんもいる。両者ともあまり英語はうまくないようだったが、それなりに伝わっているらしい。どういう団体なのかは謎だが、楽しそうでなによりだ。

ビール瓶を指のあいだにぶらさげて、作務衣《さむえ》姿の藤島が大広間に入ってきた。

「怜、早かったたな。ありがとう」

藤島はビールを適宜お膳に配ると、「みなさーん、もち湯ちゃんストラップが到着しました」と声を張りあげた。え、聞き取れる。俺はいつのまに英語もしくはフランス語に堪能《たんのう》になったんだろう、と怜は一瞬思ったが、藤島が発したのはむろん日本語だった。しかし「もち湯ちゃん」という単語に反応し、大広間にいたフランス人たちは財布を手に笑顔で怜のもとに殺到した。

もち湯ちゃんのなにが、これほどまでに……。という疑問もかき消えるほど、怜はストラップを売って売って売りまくった。結局、持ちこんだ三十個強のもち湯ちゃんストラップが完売し、フランス人たちも怜も満足した。さっそく財布につけたり、お土産にするのか大切そうに懐《ふところ》にしまったりする様子を見て、「もち湯ちゃんを邪険にしすぎたな」と怜は反省した。

いよいよ盛りあがる宴会から抜けだし、ロビーのソファに藤島と並んで腰を下ろす。意外なもち湯ちゃん人気にあてられ、二人はやや興奮して語りあった。

「もち湯ちゃん、キモいと思うんだけど」

「なにが受けるかわかんないもんだな。うちの売店でもちゃんとストックしとくようにしないと」

「海外向けにネット通販したらいいかもって、今度商店会長に言ってみるよ」

「ストラップだけじゃなく、もっとグッズの数を増やすとかね」

夢が広がるもち湯ちゃん。けれど夢は夢にすぎず、単価数百円のグッズが少々売れたからといって、この温泉街の起死回生の一打とはなりえぬことを、怜も藤島もよくわかっていた。それでももう少しだけ楽しい気持ちを持続させたくて、

「そうだ、博物館だけどさ」

と怜は新たな話題を提供することにした。「しょぼさが予想を超えてた。客だけじゃなく、係のひとも見当たらない」

「餅湯っぽいな……。また盗まれたらどうするつもりなんだろう」

「まじで、心平が作ったっていう土器を展示しといたほうがいいと思った。そんなの盗むやついないだろうし、いざ盗まれても、べつにどうでもいいし」

「おまえひどいな」

と言いつつ藤島は愉快そうだった。

大広間のほうから、笑いさんざめく声が聞こえてくる。自分たちが博物館に行っているあいだも、藤島はずっと働いていたのだと思うと、怜はなんだか気恥ずかしくなってきた。妙にはしゃ

いでしまったのを誤魔化すため、咳払いする。

「繁盛してるね」

「今日は例外的にな」

藤島もにぎわいにしばし耳を傾け、微笑んだ。「怜も店を継ぐつもりなのか？」

「いや、どうかな。どうして？」

「もち湯ちゃんの販売促進に意欲があるみたいだったから」

「すぐにしぼむ意欲だよ。なにしろネタがもち湯ちゃんだ。グッズを開発しようにも腕の振るい甲斐がない」

「たしかに」

苦笑しあったけれど、怜は内心で、「お土産　ほづみ」を継ぎ、旅館の若旦那となった藤島と力を合わせて、餅湯温泉を盛り立てていくのも楽しいかもな、と夢想してみた。だが、夜に見る夢のほうがずっと質感と実感を伴っていると思えるほど、具体的な像はなにも浮かんでこなかった。未来は夢よりも遠い。

「元湯にかぎらず、旅館ってどこも基本的に借金してまわしてんだ。設備の維持にすごく金がかかるから」

藤島がぽつりとこぼした。「でも、江戸時代からつづいてるって言われちゃ、逃げだすわけにもいかない」

絵を塗りつぶしたくなると言った、マルちゃんと同じ気持ちなのかもしれない、と怜は考えた。こういう息苦しさからは、どこで生まれても、たとえば東京やニューヨークみたいな都会に生まれたひとであっても、逃れられないものなんだろうか。心が、つまり脳みそがあるかぎり、ここではないどこかを思い描き、けれど完全な自由を手にすることはできないものなのか。

餅湯博物館で見たホルマリン漬けのヘビ、魂の抜けた猪が連想された。諦めの星のもと、完璧なる調和を生きる、脳みその囚人たる俺たち。

藤島も丸山も、たぶん竜人も心平も怜も、家族をはじめとするつながりのあるひとたちを完全に振り切って逃走することはできないだろう。むなしさと慕わしさはいつだって裏表だからだ。

藤島に言うべき言葉が見つからず、藤島も言葉などなにも求めていないだろうと思ったので、怜は友だちの肩に軽く手を載せ、ソファから立ちあがった。

「気をつけて帰れよ」

「うん。また明日」

自転車の頼りないライトが、人魂《ひとだま》みたいに海岸沿いの細い道を照らす。右手には山肌が迫り、左手には釣り船のものか、小さな明かりがいくつか揺れる。

絶え間ない波音と潮の香りが、「目には見えなくてもここにいるぞ」と告げていた。逃れようもなく、海はひたすら黒かった。

四、

怜《れい》の期末試験の結果はいつもどおりで、担任の関口《せきぐち》太郎《たろう》先生は放課後の進路指導室に怜を呼びだし、

「どうだろう、具体的な志望校とかあるのか穂積《ほづみ》」

と弱腰な感じで尋ねてきた。

「特にはないです。大学でなにを勉強すればいいのかもよくわからないし」

「だれでもだいたい、最初はそんなもんだよ」

関口先生はややおもねるように言う。「入学していろんな授業を受けるうちに、勉強したいことも見えてくる。穂積の成績だったら、あと一年ちゃんとがんばれば、わりとどこの大学でも入れるんじゃないかと先生思うんだ。そりゃ、いきなりオックスフォードとかマサチューセッツとかは無理かもしれないけれど」

そうか、先生としてはやっぱり、家業の土産物屋を継ぐより進学してほしいんだな、と怜は思った。そのほうが高校の実績にもなるのだろう。

黙りこんだ怜をどう受け取ったのか、

「すまん、先生の受験指導が至らなくて」

と関口先生は頭を下げた。「もちろんいざとなったら、がんばって英語で内申を書くから安心してくれ」

「いえ、あの、海外の大学を受験するつもりなんてありませんから」

「あ、そう？　よかった、英語苦手なんだよ。先生ほら、日本史の担当だから」

なぜだか怜ではなく関口先生が安心する結果となった。怜が引っかかっているのは、どこの大学を受けるかではない。大学に進学すること自体だ。

「受験しないと駄目ですか」

「駄目ってことはない」

と、関口先生は穏やかに言った。「ただ、この成績なら、大学に行っといて損はないとも思う。穂積は、なんらかの仕事に関する修業をしたいとか、趣味に打ちこみたいとか、いますぐしたいことはある?」

「ないですね」

「うん、だとしたらなおさらだ。いやな言いかたになるが、大学を出ておいたほうが選択の幅が広がるということはありえる。企業に就職する場合、大卒のほうが初任給が高いしな」

つまり、そのほうが「無難」だから、行けるものなら行っとけ、ということらしい。俺にもうちょっと覇気《はき》というか積極性があれば、「じゃあ、とりあえず受験します」とか「やりたいことはもう見つけてるから、大学なんか行きません」とか、なんらかの意志をズバンと表明できたんだけど。怜はため息をつきたくなるのをこらえ、進路指導室の窓のほうへと視線をやった。二階の窓からは、餅湯《もちゆ》町を覆う灰色の冬の空が見えた。

「ええと、もしかして穂積が気になってるのは、その、経済的なことかな」

しばし室内に漂った沈黙を、関口先生の遠慮がちな言葉が破った。怜は先生に視線を戻し、

「それは大きいです」

とうなずいた。

「そうか……」

いかにもひとのよさそうな顔つきの先生は、白髪まじりの頭を右手でかきまわした。紺色のカーディガンの肩口に粉雪のようにフケが舞い落ちる。

「奨学金ものちのちの返済が大変だから、気軽に勧められんしなあ。しかし先生は、やっぱり穂積が進学しないのはもったいないと思ってる。ちょっとおうちのかたとも相談してみてくれないか」

「はい」

関口先生が親身になってくれているのは伝わってきたので、椅子から立ちあがった怜は一礼し、進路指導室を出た。冷えこむ廊下では、丸山《まるやま》が順番を待っていた。少々緊張した面持ちの丸山に軽く笑いかけ、怜は教室に戻って帰り仕度をした。

伊都子《いとこ》に頼めば、受験費用も学費も難なく工面してもらえる気もする。けれど、それは寿絵《としえ》をないがしろにすることのように思えたし、さしたる目的もなく大学へ行くために、伊都子を金づる扱いすることのようにも思えて、ためらわれた。どうしたもんかなと、怜は校門を出たところでこらえきれず、とうとう大きなため息をついてしまった。

今年はちょうどクリスマスイブが二学期の終業式だった。関口先生はホームルームで、「お餅一個がご飯二膳ぶんというのは本当なんだろうか……。だとすると先生は最近糖尿の気《け》があるのであんまり食べられないけど、みなさんはお正月を楽しんでください。あと、勉強もそれなりにしてほしいです」とぼんやりした訓示を垂れたが、その最中から竜人《りゅうじん》は心ここにあらずといっていで、昼のチャイムが鳴ると同時に教室を飛びだしていった。愛美《まなみ》とデートすると言っていたので、隣の教室まで迎えにいったのだろう。餅湯町にはクリスマスにふさわしいデートスポットはない気がするが、いったいどこに行くつもりなのかと怜は内心で首をかしげた。

クリスマスなんて怜とは関係のないイベントだ。ペンケースと通知表しか入っていないスクールバッグを手に、さっさと校庭をよぎり、高校のある丘を下りはじめた。

まえの週、怜は桜台の家から通学したのだが、慎一《しんいち》はリビングに三メートル近くあるクリスマスツリーを準備して待っていた。てっぺんについた星が天井すれすれで窮屈そうだ。毎年恒例といえど新鮮に驚いてしまう大きさで、「アメリカのホームドラマかデパートみたいだな」と見るたびに思う。しかも、サンタやトナカイやミラーボールみたいなオーナメントがたくさんぶらさがり、電飾もついていてきらびやかだ。

「慎一さんてセンスありますよね」

と怜が感心すると、

「そう?」

と慎一はうれしそうだった。「俺は時間だけはいっぱいあるからね」

自慢にならない。どうやら慎一は伊都子の指示を受け、二週間ほどかけてツリーや料理の準備をしたらしかった。クリスマス直前の土曜日は、腹に豆やら野菜やらが詰まったチキンと、ケーキのスポンジを慎一がオーブンで焼いた。怜も生クリームといちごでスポンジをデコレーションした。書斎から出てきた伊都子と三人で、クリスマス感あふれる夕飯を黙々と味わう。

怜が伊都子と慎一にプレゼントを渡すのも恒例だ。迷ったすえ、商店街の雑貨屋で小鳥柄のハンカチを伊都子に、文房具屋でボールペンを慎一にと、選んでおいた。毎年あまり代わり映えのしないプレゼントだし、ボールペンは数百円の品だが、寝ながらでも書ける加圧式のものだと文房具屋のおばちゃんに説明され、「それだ!」と思った。慎一は寝しなに翌日の買い物リストを

書くそうなのだが、

「なんでボールペンって、寝転がって使うとインクが出ないんだろうねえ」

といつも言っていたのだ。

怜は座った姿勢でボールペンを使うことばかりだったので、重力に逆らうとインクが出にくい仕組みであること自体に気づけていなかったが、すでに文房具業界は課題をクリアし需要に応える商品を生みだしていたのである。加圧式ボールペンの存在を知らずにいたらしい慎一は、プレゼントをたいそう喜んでくれた。伊都子もハンカチを広げ、淡い色彩で描かれた小鳥たちを眺めて、「あらきれいね、ありがとう」と微笑んだ。

「これは慎一と私から」

と、伊都子は一万円ぶんの図書カードをくれた。実用的なのが伊都子らしいうえに、たぶん実際に図書カードを買ったのは慎一だろうし、さらに言えば慎一は資金提供していないはずだが、怜はありがたく受け取った。新しく参考書が欲しいなと思っていたところだったからだ。受験するかどうか決めきれていないくせにおかしなことだが、怜は店番を終えたあと、夜に自室でこつこつと参考書の問題を解くのが好きだった。

ちなみに寿絵にも、

「もうすぐあれだろ。なんか欲しいもんある？」

と怜は尋ねた。

「あれってなに」

「あれだよ、クリスマス」

「あー、そうねえ」

寿絵は朝食の納豆をかきまぜる手をしばし止めて言った。「大根」

「は？」

「鶏肉と大根の煮物をすごく食べたいんだけど、そういえば大根がいま家にない」

怜は伊都子たちへのクリスマスプレゼントを選ぶついでに八百屋に寄って、一番太い堂々たる大根を買って帰った。

桜台のクリスマスツリーは、イブを待たずに解体された。雛《ひな》祭りの飾りを片づけるのは早いほうがいいというが、クリスマス当日を迎えることなく撤去されるクリスマスツリーの存在意義は……、と怜は思った。慎一が大きな脚立を使ってオーナメントやてっぺんの星を取り、あとは三者で力を合わせてつくりものの枝を引っこ抜く。大量の枝を束ねるのは慎一に任せ、怜は日曜の夕方に桜台の家をあとにした。結局、伊都子には進路について切りだせないままだった。

寿絵は鍋いっぱいに煮物を作ったらしく、食べきれなかったぶんは小分けにして冷凍していた。たぶん、クリスマスイブの今夜も穂積家の献立は鶏肉と大根の煮物だろう。てりてりしたチキンが食卓に載った桜台との落差があいかわらず激しいが、寿絵の料理はおおざっぱなわりにおいしいので、怜としては特に不満はない。

終業式もすみ、明日から冬休みだと思うと、少し気持ちが高揚した。正体不明のあせりと期待に急《せ》きたてられるような夏休みとちがって、のんびりしたムードに浸《ひた》れるし、冴えて冷たい空気をきらいではないからだ。怜は軽いバッグを手に、マフラーに鼻先をうずめるようにして歩く。

下り坂の途中で心平《しんぺい》のうしろ姿を発見した。うつむきがちで、同じく駅のほうへ向かう生徒たちにつぎつぎに追い抜かされている。

すごくいやな予感がする。怜はマフラーをよりいっそう引っぱりあげ、なるべく顔を隠して早足で心平を追い越した。しかし、やはり駄目だった。心平が子泣き爺のように背中に飛びつき、

「怜ー、なに黙って通りすぎようとしてんだよー」

と、のしかかってくる。「俺、まじでピンチなんだけど」

怜は「げふ」とむせ、重石《おもし》をくっつけたままなおも歩を進めた。

「聞こえない、なにも聞きたくない。どうせくだらないピンチなんだろ」

「おいおい、薄情じゃね？」

心平は怜の背中から降り、けれどがっちりと肩を組む形で並んで歩きはじめる。「いいから通知表出せよ」

「追いはぎか、おまえは」

「だってさあ、俺の通知表見せたら、母ちゃん般若《はんにゃ》と化しちゃう」

「え、俺のを代わりに見せるつもりなのか？　すぐばれんだろ、そんなの」

「名前んとこ修正液で消して、レタリングで俺の名前を書きなおす。けっこう得意なんだよね、レタリング」

「心平さ、無駄に器用だよね」

「おう、体育と美術は5だった」

心平は胸を張った。その拍子に怜の肩にまわった腕に力が入り、怜はまた「げふ」とむせた。

「だけど、残りは赤点だったところを、補習と追試でなんとかしてもらった感じで」

心平はやっと怜を解放し、寒そうに制服の肩をすぼめる。「山本《やまもと》先生ももう諦《あきら》めたのか、なまあったかーく笑って、『勉強だけがすべてじゃないから』って。通知表にも、『森川《もりかわ》くんはいつも元気で、クラスのムードメーカーです』って書いてあった。小学生の通信簿かよ！　子どもは風の子的な扱いやめてほしい！」

そう思うなら、もう少しだけ試験に備えるようにしろよ。咆哮《ほうこう》で鼓膜が震えたせいか、怜の耳は痒《かゆ》くなった。

「なあ、うちの母ちゃんも山本先生の境地に到達してくれると思う？　俺の通知表が『イチ、ニ、イチ、ニ』って行進曲みたいなリズムを刻んでても、『元気が一番』って言ってくれるかな」

怜は自身の耳たぶをつまんで揺らしながら、心平の母親を思い浮かべた。

「無理だろうな」

「通知表出せよ」

「やだよ」

哀れっぽくまとわりつく心平をいなすうち駅前に着き、商店街のアーケードが見えてきた。アーケードの天井からは、紅白のリボンが垂れている。餅湯商店街では、クリスマスと正月の時期をこの飾りで乗り切るのだ。飾りをつけ替えるのにも手間と金がかかるので、経費節減ということらしいが、何年にもわたって冬の時期に使われているリボンは、すでに端っこの織りがほどけて糸状になっている。なんともわびしい。せめてクリスマスソングでも流せばいいのに、BGMはあいかわらず「もっちもっち、もちゆ〜」だ。

風に乗って流れてくる餅ソングのせいで、心平は嘆く気力すら削《そ》がれたらしい。

「じゃあな。また会うかもしんないけど、よいお年を」

力なく言って、自分こそが特大の子泣き爺を背負ったみたいに背中を丸め、住宅街のほうへ去っていく。

餅湯町では、自分の哀感に浸ることすら許されないのである。

心平の母親が跳躍とともに鋭いチョップを息子の脳天に振り落とすさまが見えるようだ。さすがに気の毒になり、怜は心平を呼び止めようとした。心平が母親に怒られる覚悟がつくまで、「お土産　ほづみ」に寄っていってはどうかと思ったからだ。心平の気もまぎれるだろうし、心平に店番をさせれば、怜は家事ができるし寿絵も休憩できるので万々歳だ。

ところが声をかけようと口を開きかけたタイミングで、怜のほうが名前を呼ばれた。向きなおると、丸山がアーケードのほうから小走りで近づいてくるところだった。まだ制服にダッフルコートを羽織った姿のまま、胸にはスケッチブックを抱えている。

「マルちゃん、どうしたの」

「家に帰るとこ？」

「そうだけど」

「あのさ、スケッチしにいこうかなと思ってるんだけど、つきあってくれない」

丸山はなんとなく落ち着かない様子で、商店街の方向と怜の顔とを見比べながら持ちかけてきた。怜は少々怪訝《けげん》に思ったが、マルちゃんがおどおどしてるのは、まあいつものことでもあるしなと自分を納得させた。

「いいよ。じゃあ一度家に荷物置いて、おふくろに断り入れてくる」

「あーっと！」

丸山はスケッチブックを盾にして、ぐいぐい怜ににじり寄る。「寿絵さんには了解取ったから！　このまま行こう」

「そうなの？」

「うん」

こくこくと丸山はうなずいた。「怜は帰りが遅くなりますって言っておいた」

どうも丸山の態度がぎこちないようだけれど、理由が判然としない。

「わかった」

と言って、怜はアーケードに入ろうとした。「どこに行く？　餅湯城？」

この時間ならば、アーケードを抜けて海岸通りからバスに乗るほうが本数が多い。しかし丸山は怜のまえにまわりこみ、再びスケッチブックでぐいぐいと行く手を阻《はば》んだ。

「夫婦岩《めおといわ》にしよう。うん、今日は夫婦岩の気分だな」

「ふうん。じゃ、行こうか」

怜は首をひねりつつ、丸山と並んで歩きだした。

夫婦岩とは餅湯町の数少ない観光スポットで、海面からそそり立つ巨岩かつ奇岩だが、そうは言っても所詮は岩なので長く眺めていられるようなものではない。観光客がドライブをする途中、海岸の駐車場から休憩がてらぼんやり見る程度だ。

しかも、「夫婦」と謳《うた》っているのに岩が一個しかないのがミソで、昭和四十年代に餅湯を直撃した大きな台風によって、「妻」にあたる岩は荒波に粉砕され海中に崩落してしまったのだそうだ。だから「やもめ岩」に改名したほうが実態に即しているのだが、夫婦岩が「夫婦」だったときのことを記憶にとどめているひともまだまだ多く、住人たちはしつこく「夫婦岩」と呼びならわしているのだった。

夫婦岩は元湯《もとゆ》町寄りの海岸沿いから眺めるのがいいので、怜と丸山は商店街を通らず、駅前広場から住宅街を突っ切る形で、海へと坂を下りていった。

その途中、子泣き爺を背負ってのろのろ歩く心平に追いついた。まだ家にたどりついてなかったのか、と怜は驚いたが、それぐらい悲惨な成績だったということだろう。心平、と呼ぶと、振り向いた心平は笑って、

「あれえ、予想より再会が早かった」

と言った。「年末の挨拶したのにまた会っちゃうと、なんか気まずいっつうか照れくさくね？」

心平の自意識過剰さについては無視をし、

「俺たち夫婦岩に行くけど、心平どうする」

と怜が尋ねると、

「行く行く！」

と心平はうれしそうに乗ってきた。丸山の持つスケッチブックに気づいたようで、

「そっか、夫婦岩を写生しにいくのか。ジミーは描くもんも地味だなあ」

と邪気なく言い放つ。

おまえは自意識は一丁前にあるくせに、なんでそんなに無神経なんだよ。怜は絶望的な気分になり、丸山が傷ついたのではないかと横目でうかがったが、丸山は「そうだよねえ」と穏やかに、困ったように、微笑むばかりだった。

あとから加わった心平がなぜか引率者のように振る舞い、「こっちこっち」と近道へ導く。ほとんど崖のような斜面には、坂だと勾配《こうばい》がきつすぎるため、コンクリート製の狭い階段が設《しつら》えられており、両脇にみっちりと戸建てが並ぶ。軒にぶらさがったタオルやら散歩する茶虎の猫やらを眺めながら階段を下り、やがて海岸線へ出た。

正面に太平洋と、潮に洗われて黒く濡れた夫婦岩が見える。波は少々荒く、白い飛沫《しぶき》があちこちで立つ。片側一車線の道路を渡り、道沿いの駐車場に足を踏み入れた。隅っこにトイレの建物がぽつりとあるきりで、怜たちのほかにはだれもいなかった。それもそうだろう。さえぎるものなく海風が吹きつけるので、冬に夫婦岩を見物するのはあまりおすすめできない。

ただ、絶景なのはまちがいなかった。広々とした海。ゆるやかに湾曲した海岸線。右手に目をやれば、海べりに高層のリゾートマンションやホテルが建ち並んでいる。そのまえは白砂のビーチだ。振り返れば、餅湯神社のこんもりした緑が見える。トンビとカラスが空中戦を行っていて、灰色の雲を吹き飛ばすぐらいにぎやかだ。岬《みさき》に阻まれて左手のほうの視界はひらけていないが、そのさきには元湯町の旅館街があり、いまごろは夕食の仕度に向けて英気を養っているはずだ。

怜は視線を正面、海と夫婦岩のほうに戻した。妻に先立たれた岩は、背中の曲がった老人が海中で立ちすくむ姿のようにも見えた。なんともさびしく、たしかに地味な印象なのは否めない。

しかし丸山は、さっそく海寄りの手すりまで歩を進め、スケッチブックを開いた。立ったまま手すりにスケッチブックの端を引っかけるようにして固定し、ざらついた紙に無心に木炭を走らせはじめる。怜と心平も丸山の両脇に立ち、手すり越しに海面を見下ろした。怜は風で乾いた唇を舐《な》めた。しょっぱい潮の味がした。

「うおっ」

と心平が声を上げる。「等間隔でカップルが並んでる！」

駐車場のまわりは護岸工事がされていて、浜辺はなく、大きな波消しブロックで埋めつくされている。それらのブロックの狭間に、あるいはうえに、肩を寄せあって夫婦岩を眺めるカップルが一定の間隔で腰を下ろしていた。駐車場のトイレの裏手にある階段を使って、波打ち際へ下りたのだろう。

「あんなとこ、フナムシがいっぱいいるんじゃないかなあ」

心平は腕組みし、「信じらんない」と言いたげに首を振った。

怜も、夫婦岩がカップルの聖地みたいになっているとは知らなかった。一個しか岩が残っていないのだから、縁起が悪いんじゃないかと思うのだが、どのカップルも囁《ささや》きあうのに夢中の様子だ。岩が一個だろうと三個だろうと誤差の範囲で、そんなことを気にしているようでは交際なんてできないのかもしれない、と怜は細かすぎる自身を反省した。

「そっか、ジミーはカップルを観察＆写生に来たんだな」

心平はやっと得心がいったというようにうなずいた。「そうなると、シャセイってなんかやらしくね？」

「ないよ、サイテー、黙ってて」

絵を描いているときの丸山はふだんよりは強気なのだ。紙面には瞬《また》く間に、鈍く光る海とそびえる夫婦岩の黒いシルエットが立ち現れた。あいかわらずややパンチに欠けるきらいはあるが、鍛錬を重ねて技術を体得してきたのだろうとうかがわせるには充分だった。

丸山の手もとを覗《のぞ》きこみ、「魔法みたいだな」と怜が感心していると、

「うおおっ」

と心平が大声を上げた。

「なんだよ、うるさいな」

怜は顔をしかめ、丸山は木炭を持った手で片耳をふさいだ。やっぱり鼓膜が震えたらしい。しかし心平はおかまいなしで、

「あれ見ろ、あれ！」

と駐車場から少し離れた波消しブロックを指す。そこには制服姿の竜人と愛美が並んで座っていた。

そういえば、二人がほかのひとの目を意識せずに一緒にいるところをはじめて見たな、と怜は思った。学校での竜人と愛美は、楽しそうにしゃべり、腕や肩をくっつけあっていちゃいちゃしていることがほとんどだ。生徒のみならず先生たちすら、二人の交際に気づいており、「まあ、ほどほどに……」と黙認というか匙《さじ》を投げているふしがあった。

けれどいま、まさか怜たちに目撃されているとは知らず、二人きりの世界を築きあげている竜人と愛美は、予想に反してべたべたとくっついてはいなかった。互いの腕のあいだに指を一本差しこめるかどうかという空間を置き、そろって冬の海を眺めている。礼儀正しく、けれど親密さを感じさせる距離感だ。たまに言葉を交《か》わしているようで、愛美が笑ったり、竜人がうなずいたりする。

ひときわ強い風が吹きつけ、肩をすぼめた愛美の頬にかかった黒い髪を、竜人が指さきで優し

く整えてやっていた。そのときの竜人の眼差し。離れたところから見ていても伝わってくる、愛の光が照り映えているとしか言いようのない目。

それを見た怜は、なんだか胸が締めつけられるような気持ちがした。このうえなくうつくしいものを目の当たりにしたと感じたからだ。俺は竜人みたいにだれかを大切だと思ったことはないし、これからそんな相手が現れるのかもはなはだ疑問だ。そう考えると、さびしく寄る辺《よるべ》ない気持ちにもなった。

隣から木炭が紙をこする音が聞こえてきた。視線をやると、丸山がスケッチブックの新しいページを開き、波消しブロックのうえの小さなふたつの影を描いている。丸山の目にも竜人と愛美の姿が貴くうつくしいものに映ったのだとわかって、怜は少し心慰められた。丸山とのあいだに、共感のほのかなぬくもりが通いあった気がした。もちろん丸山は怜の物思いなど知る由《よし》もなく、いいと感じたものをひたすら絵にしているだけなのだろうけれど。

しかし心平はあくまでも情緒を解さない。

「なあなあ、怜とジミーはどんな子とつきあいたい？　俺はやっぱおっぱいでっかい子がいい」

と、雰囲気ぶちこわしの発言をかましてきた。たしかに秋野《あきの》さんの胸は大きいか小さいかでいったら大きいほうなんだろう、と怜はつい思ってしまったが、

「どうでもいいよ、胸なんて」

と心底から言った。

「またまたあ。怜だってつい見ちゃうだろ、おっぱい」

そりゃ、揺れてたり谷間が強調されてたりしたら、目が行くこともある。だけどそれは、たな

びく鯉《こい》のぼりを見上げたり、山々の連なりを遠望したりして、「勇壮だなあ」「きれいだなあ」と感じるのと似たようなもので、即座に「だから好き」とはならないのではないか。

「好きになったら、そのひとを好きなんじゃないの。胸は関係なく」

「『好きなひとが好みのタイプです』って、おまえはアイドルか！」

心平は自身の両腕を抱くようにして、わざとらしく震えてみせた。「怜のそういういい子ちゃんなとこ、俺はあんま好きじゃない。もっと正直になれって！　欲しいものは欲しいって言えよ！」

お言葉に甘え、

「ちょっと声量下げてほしい」

と怜が現在の願望を述べると、

「あ、そう？　ごめん」

と心平は素直に掌で口をふさいだ。

心平に「あんま好きじゃない」と言われても痛くも痒くもないけれど、心平の発言内容については、「なるほど一理ある」と怜も認めるところだった。たしかに、怜はなにかを欲しいと切実に願ったことなどなく、そもそも欲しいものがあるのかすらよくわからない。べた凪《なぎ》の海のように、怜の心のなかは静かにたゆたうばかりだ。その奥に不穏がひそんでいないともかぎらないが、怜自身も把握しきれていなかった。

なるべく波風を立てないように、感情を激しく表明することなく日々を送る怜の態度は、感性と欲望——主に食欲——に忠実に生きる野獣派の心平からすれば、「煮え切らないやつ」と感じられるのだろう。

おっぱい談義には加わらず、淡々とスケッチをつづける丸山のコートのポケットから着信音がした。電話だったようで、

「はい」

とスマホを耳に当てた丸山は、「うん、いま夫婦岩。もう大丈夫そう？」などとやりとりしたのち通話を切った。

「父からだった。そろそろ店の手伝いしなきゃなんない」

だとしたら、なにが「もう大丈夫」なんだろう、と怜はやや引っかかりを覚えたが、「じゃあ帰ろうか」ということになった。

「つきあってくれてありがとう。心平も」

「俺はまだ帰りたくねーなー。母ちゃんまじ怖《こえ》えんだもん」

ごねる心平を半ば引きずるようにして、怜たちは駐車場をあとにした。去り際、ちらと手すりの下を覗きこむと、竜人と愛美はまだ波消しブロックに座って海を見ていた。千年まえからそこに設置されている石像みたいに、二人の姿は風景になじんでいた。

住宅街で心平と別れ、「喫茶　ぱらいそ」のまえで丸山と別れ、一人になった怜は商店街の魚屋で鮭《さけ》の切り身を買って帰宅した。だが、寿絵の姿が店内に見当たらない。店番を放りだしてどこかへ行ってしまったのかと戸惑い、

「ただいま」

と、とりあえず声を張りあげてみた。

「おかえり、遅かったね」

レジの陰から、にゅっと寿絵の笑顔が覗いた。椅子に腰かけてうつむきかげんだったせいで、無人に見えただけらしい。

「なんだよ、居眠りでもしてたのかよ」

「寝てません。ちょっと考えごとしてたの」

「ふうん」

怜は寿絵の横をすり抜けて二階へ上がり、手を洗った。台所のテーブルにあった売れ残りの餅湯温泉饅頭《まんじゅう》をふたつつまむも、昼を食べそびれたので空腹は収まらない。自室で参考書を解いてはみたが集中しきれず、少し早いけれど夕飯の仕度に取りかかることにした。

鮭を焼くあいだにみそ汁の出汁《だし》を取り、炊飯器に残っていたご飯をタッパーに移す。米を研《と》いで、翌日に備えて予約炊飯をセットする。ワカメを投じた鍋にみそを溶き入れながら、フライパンで目玉焼きも作り、おかずは完成だ。タッパーのご飯をレンジで軽くあたためなおして茶碗によそう。

階下でガラガラとシャッターを下ろす音がして、寿絵が台所にやってきた。

「もう店じまいすんの？」

「今日はなんだか疲れちゃったし、クリスマスイブぐらい一緒に夕ご飯を食べてもいいかなーって」

「朝飯みたいなメニューになったんだけど」

「それもまた一興」

と寿絵は戦国武将みたいに重々しく言い、グリルから鮭を取りだして皿に載せた。せめて鶏の唐揚げでもあれば、クリスマスっぽかったかもしれない、と思った怜は、冷凍した煮物をチンし忘れたことに気づいた。しかし、腹もへっていたし面倒だったので、朝食メニューのままでよしとすることにした。

寿絵のぶんのご飯もよそい、向かいあって食卓につく。

「いただきます」

と箸を取って、ツリーもプレゼント交換もないクリスマスの食事がはじまった。めずらしく夕飯をともにしても、特に会話がはずむわけでもない。子どものころはこうではなかった。店番をする寿絵の脚にまとわりついて、その日に保育園や小学校であったことをしゃべりまくっていた。あのなめらかな口の回転はなんだったんだろう。いまは寿絵に対しても伊都子に対しても会話をするのが億劫《おっくう》でしかたない。顎関節に不具合が生じている感じはしないから、もしかして俺、反抗期なのか？　と怜は思う。だとすると、青臭さを露呈してしまっているようで少々気恥ずかしい。

いつもなら、怜が無視しようと素《そ》っ気《け》なく「ん」としか答えなかろうと、果敢に話しかけたり小言を言ってきたりする寿絵だが、今日にかぎってはなんだかぼんやりした様子なのも気にかかる。でも、「どうかしたの」と尋ねるのも、心配してるんですよと過剰にアピールするように思えて照れくさい。

怜はどことなくどんよりした食卓の雰囲気を変えるため、床に放っておいたスクールバッグから通知表を取りだした。

「そういえば、これ」

「おおー、うちの怜くんの成績はどうだったかな？」

寿絵は箸を置き、わざわざ両手で通知表を受け取った。「って、今回も面白味がない！」

「面白味ってなに」

「だってあたしも一度ぐらいは、通知表を見て、『怜、ちょっとそこに座りなさい』ってやってみたいのに、いつも成績いいんだもん。あ、でも美術の成績は3だ。怜、あんた何部だっけ？」

「……美術部だよ、うるさいな」

「わはは、ウケる。マルちゃんに絵を教えてもらわないと」

寿絵は通知表を閉じ、腕をのばして大切そうに棚の引き出しにしまった。「あとでハンコ押しとく。伊都子さんにも見せてあげなね」

「うん」

「怜はちゃんと勉強してえらい。まったく、だれに似たんだかねえ」

にこにこする寿絵を見て、「そうか、雰囲気がどうこうなんて言い訳で、俺はおふくろに褒めてもらいたかったし喜んでほしかったんだ」と、怜は自分の本心に気がついた。しかし同時に、黒い雲ももくもく湧いてきて、寿絵に褒められたうれしさを少し陰らせた。

だれに似たんだか、と寿絵は言った。単なる慣用表現ということもある。だが、なんらかの実感を伴った発言だとしたら、寿絵が勉強が得意だったとはあまり思えず、そうなると残る可能性は、伊都子か、会ったこともない怜の父親か、だ。

寿絵の発言が指しているのが前者だった場合、怜の生みの母親は伊都子だということになるのではないか。怜はこれまで、どちらが実の母親なのか気にしないようにしてきたが、それでもつい、二人の顔立ちや指や爪の形などを眺めては、無意識に自分との共通点を探ってしまうことがあり、「いま探ってた」と気づいたときのむなしさといったらなかった。実際問題、共通点を見いだせたことはほとんどなく、怜の節張った長めの指は、寿絵の丸っこくふくふくした指とも、伊都子のほっそりと華奢《きやしや》な指ともちがう。顔立ちに至っては、見れば見るほど「人間ってだいたい似たり寄ったりの顔なのかもな」と思えてきて、確信を持ってどちらに似ていると断言はできなかった。

では後者だった場合、怜は父親に似ているということになり、それは怜にとって虫酸《むしず》が走るぐらいいやな事態だった。父親にどういう事情があるのか、生きているのか死んだのかすら知らないが、寿絵と伊都子の口から怜の父親に関する話題が出たためしのないことから推測するに、ろくでもない人間なのはほぼまちがいないだろうと怜は踏んでいる。怜に会いにきたことも、寿絵や伊都子になんらかの経済的援助を申しでた形跡もない。ほったらかしだ。そんな男に似ていると寿絵が思ったのだとしたら、怜としては不服だしショックだった。

でも、「似てるって、だれを想定してんの」と寿絵に聞くことはできなかった。真実を知るのがこわいのもあるが、怜にとって寿絵は唯一の、ではなく、唯二なのがややこしいところだが、とにかく母親だし、寝起きをともにして互いの性格も把握しきった家族なので、いまさらつっこんだ話をしにくかった。たまたま電車で隣りあわせたひとに打ち明け話はできても、使いこんだ布巾みたいに馴れあった家族に対しては、つい虚勢を張ったり言葉がたりなくなってしまったりということはある。

寿絵は自身の発言が怜に衝撃と疑念を与えたとは気づかなかったようで、

「めずらしく早めに店じまいしたし、今日は一緒に温泉行こうか」

と言った。商店街のなかほどに、「餅の湯」という温泉を引いた公衆浴場があり、住民は一回百円で入浴できる。昔ながらの銭湯よりもこぢんまりした施設だが、泉質がいいので人気は高く、竜人は部活あがりによく利用している。怜は自宅の風呂のほうが気をつかわずにすむので好きだ。だが、寿絵は期待に満ちて返事を待っているし、最前まで元気がない様子だったのも気になって、

「いいけど」

とぶすくれたふうを装いながら応じた。

餅ソングが流れる夜の商店街を、洗面器を抱えた怜と寿絵は肩を並べて歩いた。クリスマスらしい要素がひとつもない。しかし怜に不満はなかった。たぶん寿絵も同じだろう。

ただ、そういえば進路について切りだしそびれたなとは思った。高校二年生の息子の通知表を見たのに、受験か就職かを問うてこない寿絵は、もしかしたら「進路」という概念自体を有していないのかもしれない。怜を信頼して決断を任せてくれているというよりは、どうもその可能性のほうが高そうだった。

人通りの少ない商店街に、親子の吐くふた筋の息が白く流れた。


一月一日は商店街の店もだいたい休みだ。

朝、怜が台所に行くと、寿絵はプラスチックの重箱にパックの栗きんとんやら黒豆やらを絞りだしているところだった。空いたスペースにカマボコを切って並べれば、出来合いの品のみで形

成されたおせちは完成だ。鶏肉と大根の煮物もしつこく冷凍庫に残っていたので、丼《どんぶり》に入れてレンジにかける。

「さ、食べよっか」

「お雑煮《ぞうに》は？」

「忘れてた……！」

寿絵はムンクの『叫び』みたいなポーズをした。ゆうべは餅湯のホテルや旅館で年越しをする観光客が、二年参りのついでに商店街にも立ち寄ったため、「お土産　ほづみ」もありがたいことに遅い時間まで比較的忙しかった。手抜きおせちは例年どおりだが、怜も寿絵もお雑煮については考えをめぐらせる余裕がまったくなかったのだ。

「青海苔《あおのり》も買い逃してたわー」

備蓄棚をかきまわし、寿絵が嘆く。餅湯のお雑煮は、基本的には関東風のすまし汁で、具は大根、人参、鶏肉、小松菜などだ。だが、餅は角餅だけれど焼かずに汁に入れてとろとろになるまで煮るし、青海苔と鰹節《かつおぶし》を大量に載せる。青海苔も粉のようにパラパラしておらず、糸状で海藻としての風味が濃厚なものを使う。

「青海苔じゃなく、ふつうの焼き海苔でいいんじゃない」

と、怜は寿絵を慰めた。「あとで俺が出汁を取るから、いまはとりあえず、夕飯の残りのみそ汁に餅入れて食おう」

「ええー、そんなのただの餅入りみそ汁でしょ。お雑煮じゃないでしょ。しかも具が豆腐だけだったし」

「文句言うなよ。俺は腹へってんの」

そういうわけでクリスマスにひきつづき、あまり正月らしくない献立となったが、一応は「あけましておめでとうございます」と挨拶しあい、その年はじめての食事を摂《と》った。寿絵は食卓越しに、エプロンのポケットから取りだしたポチ袋を差しだした。

「はい、お年玉」

「え、いいよそんなの」

と遠慮したのだが、

「いいからいいから、取っておきなさい」

親戚のおばちゃんみたいに、ぐいぐい胸もとに袋を押しつけてくる。礼を言って受け取り、さりげなくなかを見てみた。

「せんえん……」

「文句言わない」

「事実を言っただけだろ」

朝食後、怜は猛然と大根と人参を刻み、雑煮を作った。寿絵は発泡酒を飲みながら監督指導をした。しかし汁の味見をしても、

「うーん、もう少ししょう油をターッと、みりんをタラーッとかな」

と、きわめて感覚的な指示しかしてこない。

「ターッとタラーッのちがいがわかんないんだけど」

「細かい子ねえ、あんたは」

寿絵は怜を腰で脇へ押しのけ、しょう油とみりんのボトルを両手に、「こう！」と実演してみせた。雑すぎるにもかかわらず、たしかに味が締まっておいしくなっており、怜としては釈然としなかった。

昼と夜は雑煮とおせちですませ、あとはひたすらごろごろして、「お土産　ほづみ」のお正月は早々《はやばや》と終了した。二日からは、餅湯での年越しを終えた観光客が帰路につきはじめるので、通常営業となる。

「初詣に行かなくてよかったの」

と、それぞれの寝室へ引きあげる間際に寿絵に聞かれたが、どうせ三が日は餅湯神社も混んでいるだろう。

「もうちょっとすいてからにする」

「そしたら古いお札《ふだ》を返して、新しいのをもらってきて」

効き目があるとも思えぬ「商売繁盛」のお札を、寿絵は毎年レジ横の壁に貼っている。そのわりに店番を優先して、もう何年も初詣には行っていない。神さまに祈る時間があったら働く、けれどお札があるならとりあえず絆創膏《ばんそうこう》のように貼る。現実主義でおおざっぱな寿絵らしかった。

「わかった。おやすみ」

「あのさ、怜。明日、伊都子さんに……」

と言いかけた寿絵は、ふと口をつぐんだのち、「よろしく伝えて」

と無難な着地を見せた。明らかにほかに言いたかったことがあるようだったが、怜が追及するよりもさきに、「おやすみ」と寝室の襖《ふすま》が閉じられた。

二日に桜台の家へ新年の挨拶に行くのは、長年の習慣だ。晴れているぶん冷えこみが厳しかったが、青い空を飛行機雲が斜めによぎるのを眺めながら坂を上っていると、正月らしいすがすがしい気分になった。

桜台の家の門柱には本年も、怜の背丈ほどもある巨大な門松が据えられていた。クリスマスツリーもすごかったけど、こんなにでかい門松も、デパートのエントランスでしかお目にかかれないような代物だよなと、怜は口を開けて眺めるほかなかった。季節の行事を積極的に取り入れつつ、怜を歓迎してくれようとする伊都子と慎一の気持ちはありがたいが、なんというか過剰だ。気合いが入りすぎていて、「学芸会の舞台に本職の演技派俳優が突如乱入してきて、ついていけない小学生」みたいにたじろいでしまう。一言で言えば、受け止めかねる。

むろん、正月仕様の食卓も豪華だった。重箱は塗りの五段重ねで、蓋の隙間から伊勢エビのヒゲが飛びだしている。黒豆はつやつやだし、彩り鮮やかなテリーヌやピータンなど、和洋中の料理が詰まっていた。まさかピータンは手作りではないと思いたいが、慎一がこのおせちのためにかけた時間と手間を考えると気が遠くなる。五段目はさすがにネタがつきたのか、唐揚げとホタテフライがみっしり並んでいて、それを見た怜はようやく息を吐くことができた。

新年の挨拶を交わし、昼食とあいなった。慎一も伊都子も餅湯で生まれ育ったのではないからか、お雑煮はすまし汁だったが、餅は焼いてあったし青海苔と鰹節は載っていなかった。ものたりなさを感じた自分を怜は戒《いまし》めた。眼前にひとやものが複数現れると、比較してどれぐらい差があるのかつい測ろうとしてしまう心性はなんなのだろう。桜台の伊都子と商店街の寿絵は、それぞれ比べることなどできない独立した存在なのに。

伊都子はお年玉やこづかいを怜に渡さない。比較すまいと汲々《きゅうきゅう》としてしまう怜の小ささを見抜いているためなのか、たまに会う息子の歓心を金で買うことはしたくないという潔癖さの表れなのか、自身が会社の跡継ぎとして「金は自分で稼げ」といった帝王学のもとで育てられでもしたのか、理由はわからない。怜の誕生日とクリスマスにくれる図書カード一万円ぶんが、伊都子からのプレゼントのすべてだ。もちろん、充分すぎるぐらいだと怜は思っている。

だから今年も、食後のお茶を飲んですぐ、「じゃあまた三週目に」と辞去しようとしたのだが、

「ちょっと」

と伊都子に呼び止められた。「成績はどうだったの」

きらめくおせちをお重から胃袋に移動させるのに夢中で、すっかり忘れていた。怜はエコバッグから通知表を出した。帰りがけに商店街で食材を買おうと思って、エコバッグを持ってきたのである。

伊都子は通知表を眺め、

「優等生な息子ってのも、歯ごたえがないもんね」

と寿絵と似たような感想を漏らした。じゃあどうしろっていうんだよ。コンビニのまえでしゃがんで煙草吸えばいいのか。いまどきいないだろ、そんなわかりやすい不良。と怜は思ったが、黙ってまばたきするにとどめた。伊都子の爪を飾る石が窓からの日射しを反射してまぶしかったためだ。

「ねえ、慎一はどう思う」

遠慮がちに通知表を覗いた慎一は、

「すごいと思う」

と怜に向かってうなずきかけた。「俺は家庭科と保健体育以外は赤点だった気がする」

「それでどうやって高校卒業したのよ」

「いや、だから中退なんだって」

「あら、そうだっけ」

伊都子と慎一のやりとりを聞きながら、「慎一さん、心平と同じようなこと言ってる」とか
「それにしてもこの二人、ほんとにつきあってんのかな」などとぼんやり思っていた怜に、お鉢がまわってきた。

「それで、進路は。もう冬だけど、決めたの？」

ようやく怜の考える「母親っぽい質問」が発せられた。そうだよ、ふつうはそこを聞くと思うんだよ。おふくろの呑気《のんき》さが謎だ。

けれど、いざ問われると答えにくい。怜はからになった湯飲みをいじりながら、

「担任の先生には、大学進学を勧められた」

と言った。「たしかに俺は勉強すんのきらいではないし……」

「えっ」

慎一が声を上げる。「ごめん、そんなひといるんだ、って驚いて。つづけて」

「受験してみんのもいいのかもとは思うけど、でも……」

「なんなの、まどろっこしい。もしかして学費のこと？　それなら払うわよ」

伊都子は難なく言ってのけた。

「いいの!?」

「いいも悪いも、子どもが進学しようかなと思ってたら、金銭的に可能ならたいがいの親は払うでしょ」

「けどあの、俺はファミレス経営とかにはたぶん向いてなくて」

「でしょうね」

あっさりとうなずいた伊都子は数瞬の間を置いて、

「まさか、会社を継がされるとでも思ってたの?」

と驚いたように言った。「そこは倒産しないように、適材適所で行くに決まってるでしょう」

怜は心臓がうるさいほど鳴りはじめたのを感じた。「怜の後継就任、すなわち倒産である」と伊都子が認識しているらしいのは、「なんでだよ」と少々引っかかるが、うれしかったのだ。金の心配をしなくていいのなら、大学でなにを学びたいかを真剣に検討できる。そう思って、自分が本当はもうちょっと勉強したいと願っていたことに気づかされた。いままでは進学できるか金銭面で確信が持てず、二人の母親への気兼ねもあって、強いて志望の大学や学部を考えないようにしていた。やっぱり進学は無理だとなったとき、がっかりしたくなかったから。

受験しても合格するかどうかは別問題だが、希望が見えてきたのは事実だ。

「ありがとうございます」

怜が湯飲みを置いて頭を下げると、

「やめてよ、お礼なんていらない」

と、伊都子は居心地悪そうにした。「ただし、寿絵さんにもちゃんと相談してちょうだい。私とあなただけで決めるのはよくないから」

「ええっ」

怜は思わず大きな声を出してしまった。

「なんでそんなに驚くの」

「いや、お母さんとおふくろって全然交流がないし、仲悪いのかと思ってた」

「しょっちゅう会ってれば仲がいいってものでもないでしょ」

と言って、伊都子は笑った。「そうか、あなた落ち着いてるところがあるから、うっかり忘れそうになるけど、まだ高校生だものね。学校で毎日のように顔を合わせる友だち以外にも、いろんな人間関係があることを知らなくたって当然か」

「……おふくろと友だちなの？」

「友だちとはちょっとちがう気もするわね」

じゃあなんなんだ。慎一もそうだが、伊都子の人間関係とやらは怜にとって謎ばかりだ。

「おふくろ、俺の進路にまるで興味なさそうなんだけど」

「そう？　それでもちゃんと話しておいて」

と、伊都子は通知表を返してきた。ちらりとなかを見ると、ハンコは押されていなかった。忘れたのではなく、寿絵は伊都子に気をつかって、捺印をあとまわしにしたのかもしれないと思った。

門のところで慎一が見送ってくれた。

「怜くん、よかったね」

慎一は微笑み、「これ、おうちで食べて。もちろん、ここも怜くんの家だけど」と、唐揚げとホタテフライが入ったタッパーを差しだした。ありがたく受け取って、エコバッグに収める。伊都子は翌日まで休みらしいが、無駄に広い部屋で、二人きりであの豪華なおせち料理を食べるのかと思うと、ある種の地獄のようにも感じられて切なくなった。

それでも怜は、慣れ親しんだ商店街の家に帰る。坂道を下る足取りは軽かった。

だが、浮き立つ気持ちは、駅前の広場を横切ってアーケードに入ろうとしたところで消えた。アーケードの出入り口にかかった「餅湯商店街」の大きな看板の下に、四十代前半らしき男が立っていた。初売りを目当てにやってきた人々が行き交っていたが、怜の視線はなぜかその男に吸い寄せられた。黒いロングコートを着て、火のついていない煙草を唇の端にぶらさげている。

ばくん、と心臓が大きくひとつ跳ねた。つづいて、ドコドコドコと「宮入《みやい》り」のときの大太鼓みたいな音が聞こえてきたなと思ったら、それは激しくなった自分の動悸なのだった。急に視野が狭まり、息苦しくなって、もしかして死の前兆かと不安がよぎる。けれど狭くなった視界いっぱいに映る男の顔は、ぼやけるどころかやけに鮮明で、どうやら怜の血液はほとんどすべて視神経になだれこみ、勝手に解像度を上げつつズームアップ機能を作動させたらしかった。

寿絵と伊都子の顔立ち、指や爪の形を一生懸命に観察してきた俺はバカだ。一目でわかる。似ている。あれが俺の父親だ。

その瞬間、男の視線も過《あやま》たず怜をとらえた。視神経から多少の血流を取り返した怜の脳みそは、ようやく役目をはたすことにしたようで、「まずいぞ」と警報を鳴らした。怜はなるべく不自然

に見えないように、しかし実際はぎくしゃくとまわれ右をする。とにかくこの場を立ち去りたい一心で足を動かそうとしたのだが、

「レイ！　レイだろ」

と背後から声をかけられた。はじめて耳にするのに男が発した呼びかけだと直感したのは、状況から咄嗟《とっさ》にそう判断したためではなく、声までぞっとするほど自分と似ていたからだ。

五、

太鼓みたいに耳の奥で鳴り響いていた鼓動は、いつのまにか聞こえなくなっていた。もしかして俺、まじで死んじゃったのかなと怜《れい》は思った。体内だけでなく、駅前広場もやけに静かだ。あいかわらず空は青く、人々は笑顔で行き交《か》っていたが、死後の世界とはこういうものかもしれないと思われるほど現実味がない。

怜は恐ろしくなり、静寂から逃れるには自分の名を呼んだ男にすがるしかないのではという気持ちに陥《おちい》って、反射的に振り返りかけた。ところが横合いから、

「よう、マルちゃーん！」

と、怜の肩に強引に腕をまわしてくるものがいる。

だれかと思えば竜人《りゅうじん》だ。隣に立った竜人は腕にぐいぐい力をこめて、黒いコートの男に再び背を向ける形になるよう、怜の体の角度を調整した。同時に、

「こんなとこにいたのかよ。『店番しろ』って、親父さん探してるぞ」

と、わざとらしい大声で言う。

とたんに広場がざわめきを取り返し、怜の血流も正常に指のさきまでめぐりはじめた。安堵の息をついた怜は、しかし竜人の頭の調子を案じずにはいられず、自身を無音の世界から力強く引き戻してくれた友の横顔を盗み見た。

俺はマルちゃんじゃないし、第一、竜人はいつもマルちゃんのこと、ジミーなどと失敬にもほどがあるあだ名で呼んでるくせに。いったいどうしたんだ。ていうか、いくらなんでも力こめすぎ。肩の骨が砕ける寸前なんだけど。あと、俺はいま父親らしき人物と生まれてはじめて邂逅《かいこう》したところだから、邪魔すんのやめてほしい。

そう、そうだよ、声をかけてきたのは父親なんじゃないか？　どうしても男が気になって振り返ろうとした怜は、竜人にますます強くホールドされ、「ぐえっ」とうめいた。

「見んな。こっち来い」

竜人は囁《ささや》き、怜の首を半ば絞めあげるようにして歩きだした。男との距離を最大限保って駅前広場を抜け、しまいには駆け足になって「喫茶　ぱらいそ」に飛びこむ。あまりの勢いのよさに、抗議するようにドアベルが鳴った。やっとホールドを解いた竜人は、今度は怜の手首をつかんで店内を突進する。痛む首と肩をさする隙も与えてもらえなかった。

カウンター内にいたマル父が、くいと顎を階段のほうへ向けた。二階の居住部分へ通じる階段だ。フロアに立っていたマル母は、胸に抱えた銀色の丸盆で顔を隠すようにして、ドアのガラス越しに広場のほうをうかがっている。

いったいどうしたんだ、と怜はまた思ったが、疑問を発するいとまもなく、竜人に引っぱられるがまま狭い階段を上がった。二階では丸山《まるやま》が自室のドアを開けて待ちかまえており、「入って、早く」と手招きした。

丸山の部屋はフローリングだが、面積で言えば六畳ほどのものだろう。家具はベッドと本棚と机だけとシンプルで、丸山の個性を表すものは、油絵の具の汚れがついたエプロンが壁にかかっていることぐらいだ。怜と竜人を部屋に入れた丸山は、ドアをきっちり閉めると、机のある窓辺へと三歩ほど走った。広場に面した窓のレースのカーテンをそっとめくって、隙間から外の様子を眺め下ろしている。ふだんの穏やかな雰囲気とは打って変わって、スパイか狙撃犯みたいな振る舞いである。

「どうだ？」

竜人の問いかけに、

「大丈夫。どっか行ったみたい」

と答えて、丸山は息を吐いた。

「いったいどうしたんだ」

怜は最前からの疑問をやっと声に出すことができた。「わけがわからない。説明してくれ」

丸山は竜人と顔を見あわせたのち、諦《あきら》めたようにうなずいた。

「俺たちが知ってることはちょっとしかないんだけどね……。コーヒーいれてくるから、適当に座って待ってて」

そう言われても、室内に椅子は勉強用のものが一脚あるのみだ。高低差が生じるのもよくないだろうと思い、怜は床にあぐらをかいた。竜人が丸山のベッドにいきなりダイブしようとしたので、セーターの裾をつかんで急いで引き止める。

「んだよ」

「ひとんちのベッドに勝手に上がるやつがいるか」

「えー、怜は細けえな。ジミーはそんなの気にしないって」

「おまえの人物評ってどうなってんの。マルちゃんは繊細なんだ。むしろ特別気にする派だと思う」

「そうかなあ」

竜人は首をひねりながら、ベッドの側面に背を預ける姿勢で床に腰を下ろした。向かいあった竜人を、怜は注意深く観察する。

「なんでさっき、俺のこと『マルちゃん』って呼んだんだ」

「え、そうだった？」

竜人は白々しく目をそらす。「単に呼びまちがえたんじゃね？」

「だとしても、おまえはマルちゃんのこと『ジミー』って呼んでるだろ」

「そう追及すんなって。浮気を疑ってるときの愛美《まなみ》みたいになってんぞ」

困ったように眉を下げる竜人を見て、怜は唖然《あぜん》とした。

「あんだけいちゃついて周囲の迷惑になっといて、竜人、浮気してんの⁉」

「してねえって！　愛美がたまに、妙な電波を勝手に受信して責めてくるだけ」

「なんだ、惚気《のろけ》か」

「いや、嫉妬深いとこがあんのはまじで困惑してるけど。それはともかく、俺じゃあなにをどこまでしゃべっていいかよくわかんないから、追及すんのやめて。ジミーが来たら話す」

「うん」

二人のあいだに沈黙が漂った。お互い、丸山に早く戻ってきてほしいと願っていることが感じ取れたが、丸山はよっぽど丁寧にコーヒーをいれているらしい。肝心なときなんだから、とりあえず色のついたお湯でいいよと怜としては思うのだが、なにごとにも真面目《まじめ》にあたるのが丸山の性格なのでしかたない。黒いコートの男の正体も、あのあと男がどうしたのかも気になるし、竜人たちがどこまで事情を把握しているのかも知りたいしで、落ち着かない気分だった。

やっと階段を上ってくる足音がしたので、怜は素早く立ちあがって部屋のドアを開けた。人数ぶんのコーヒーカップをお盆に載せ、丸山がしずしずと入ってくる。いざとなると話の切りだしかたがわからず、三者は緊張感をまといつつ車座になって、香ばしくまろやかなコーヒーをひとまず味わう。お盆にミルクと砂糖も用意されていたが、竜人と丸山は使わなかったので、怜も見栄を張ってブラックでちびちび飲んだ。大人の男はブラックをたしなむ気がする。しかも大事な話をしようという局面なのだ。牛の乳などという赤ちゃん牛の飲み物で苦さを誤魔化している場合ではない。

「で？」

もう直球で行くほかないと腹をくくり、怜は中身が少ししか減っていないカップをソーサーに戻した。「さっき声かけてきたひとが、俺の父親なんだろ？」

丸山が居心地悪そうに、

「気づいてたの」

とカップを手のなかでぐいぐいこねた。コーヒーカップが土に戻り、さらにもう一度コーヒーカップになってしまいそうな勢いだ。熱くないんだろうか、掌の皮が厚いのかなとか、カップが割れたり中身がこぼれたりするんじゃないかとか、怜は気を揉《も》んだ。

「そりゃまあ気づくわな」

と竜人はため息をついた。「俺もはじめて見たけど、似てて驚いたもん」

怜もあの男を見て、声を聞いた瞬間、父親だと察しはしたが、竜人と丸山から改めて父だと肯定され、「似ている」と言われて、なんだかショックを受けた。寿絵《としえ》か伊都子《いとこ》が単性生殖で自分を生んだのではないかと思うほど、怜にとって父親はずっと存在しないも同然だったため、幽霊と似ていると言われたような不気味さを感じたからだ。

同時に、不在だった父親が、不在ゆえに長らく怜の胸を重苦しくふさいでいたのも不思議なことに事実で、なぜ息子である自分のまえに姿を現さないのか、寿絵と伊都子にすべてを押しつけたのか、つまるところ俺は父親に捨てられたってことなのかと思うと、哀しみよりもさきに憤りがこみあげ、枕に顔をうずめて叫びをこらえる夜が何度も何度もあった。

押し殺した叫びと同じ回数、怜は父親を殺す夢を見てきた。血まみれになるまで石で殴ったり、馬乗りになって首を絞めたり、気づくとどことも知れぬ山中で死体を埋めるために湿った土を掘っていたりした。会ったこともないから顔はいつも影になっていたが、殺した相手が父親だと怜にはわかった。冷たい憎しみでいっぱいになりながら、怜は父親を手にかけ、父親の死体を見下ろしているのが常だった。

夢から覚めると、怜は隣室の寿絵の気配をうかがった。寝ながら叫び声を上げたり、なにか不穏な寝言を言ったりしてしまったのではないかと思って。だが、寿絵が起きた様子はなかった。ただ窓の外で、アーケードに吊《つる》された偽物の葉がこすれあっているばかりだった。「うなされてたけど、どうしたの」などと翌朝に聞かれたこともない。

寿絵が知らんぷりをしているのか、本当になにも気づいていないのか、怜は判断をつけられずにいた。ちなみに桜台では、怜が悪夢を見ながらどれだけ騒ぎ立てていたとしても、家が広すぎるうえに重厚なドアと壁のおかげで伊都子と慎一《しんいち》の耳には届かないだろう。怜は夢のことをだれにも言えなかったし、父親について尋ねることもできなかった。

苦しくてたまらなかった。不在は不在であるがゆえに、実在の人間以上の存在感を持って怜のなかでふくれあがっていく。まさしく幽霊のように。

けれどいま、とうとう生身の父親が目のまえに現れたのだ。竜人に邪魔されて、あまりちゃんと眺められなかったが、どこにでもいる中年男のように思えた。多少崩れたムードがあり、堅気《かたぎ》の勤め人という感じはしなかったけれど。とにかく、「幽霊の正体見たり枯れ尾花」と言うように、男の姿を思い返してみれば拍子抜けするほど恐れも憎しみも湧いてこず、驚きと期待でまたもや鼓動が速くなってきた。

そうだ、これはチャンスなんだ。

怜は受けたショックをとりあえず脇に置いておくことにした。父親がいったいどういうひとなのか、なぜ不在がつづいていたのか、そもそも自分を生んだのはだれで、父親とどんな関係だったのか。ずっと引っかかっていたことすべてを、知るためのチャンスがようやく到来したんだ。

「さっき、俺を『マルちゃん』って呼んだのは、あのひとに俺が息子だってばれないようにするためだな」

　と、怜は竜人に尋ねた。今度こそ、のらりくらりとかわされないように強く見すえると、竜人はちらと丸山に視線をやる。丸山が「どうぞ」とうなずいたのを確認し、

「そのとおり」

　と竜人は答えた。「『ジミー』だと、怜のミドルネームだと思われるかもと思ったから」

「思われないだろ」

「なんでそう言いきれるんだよ。念には念を入れたの、俺は」

　竜人は不満そうだ。「『マルちゃん』って呼べば、『あ、レイかと思ったけど、レイの名前のどこにも、あだ名がマルちゃんになる要素はないな。じゃあ別人か』って納得するはずだ」

「そうか？　たとえば『レイ』って音から、『〇《ゼロ》＝丸い＝マルちゃん』って連想も可能だと思うけど」

「おまえの友だちに、そんな凝《こ》ったあだ名発想法をするやついるわけねえだろ！」

　と、竜人は怜の反論を力技で封じこめた。怜は、「でも、俺の友だちがどんなメンツなのか、あの男は知らないんだし……」と思ったが、

「怜のそういう細かいとこ、ほんとよくないぞ」

　と畳みかけられ、

「ごめん」

　とつい謝ってしまった。直後に、いや、論理が破綻《はたん》してるのはやっぱり竜人のほうじゃないかと腹が立った。丸山はといえば、取りなすでもなくあいかわらずカップをこねている。

「体形からしても、マルちゃんってあだ名はありえないしな」

と竜人は話を進めた。「怜はひょろっとしてるもん」

「うるさいな。俺はひょろっとなんかしてない。中肉中背だ」

と抗議するも、

「はいはい」

と受け流された。野球部でむやみやたらと鍛えているがゆえの余裕綽々《しゃくしゃく》な態度かと思うと、ますます腹が立つ。

「とにかく、俺の咄嗟《とっさ》のキテンを褒めてほしいよなあ」

怜の内心を知る由《よし》もなく、竜人はコーヒーを飲み干した。

「どうしてそこまで機転を利《き》かせる必要がある。あの場合、親子の感動の対面を応援するもんじゃないのか？　俺があのひとと会っちゃ、なんかまずいの」

「詳しい事情は俺たちも知らないんだ」

と、ここに来てようやく丸山がおずおずと口を挟んだ。「だけど、あのひとを怜に会わせないほうがいいっていうのは、餅湯《もちゆ》商店街の総意だ」

「待って待って待って、総意!?」

まえのめりになった拍子に、危うく膝でコーヒーカップを倒すところだった。怜は慌ててカップを押さえつつ、

「だってあいつ、俺の父親なんでしょ？　なんで商店街が勝手に決めてんだよ！」

と吼《ほ》える。

「そこはほら、『餅湯商店街危機管理グループ』で」

と竜人が言い、スマホを差しだして画面を見せた。メッセージアプリに、たしかにそういう名称のグループが作成されており、怜が胡乱《うろん》な視線を画面に落とすあいだにも、ぽこんぽこんと五件ほどの新着メッセージが表示された。内容は、「十五号、迷ったすえに駅方向へ歩きだした模様」「改札を通る十五号を確認」といったもので、黒いコートの男は「十五号」と呼びならわされているらしいことが了解された。十五号ってなんだよ、台風か！　と怜は混乱した頭の片隅でかろうじてツッコミを入れた。そもそも怜は、なぜ商店街が勝手に意思決定するのかを聞きたかったのであって、どうやってと問うたのではない。

「商店街のほぼすべての店とその家族が加盟してるから、百人規模のグループだ」

竜人は得意げに胸を張り、

「俺は声をかけられてないいんだけど？」

と、怜は力なく恨み言を述べた。

「そりゃそうだ。怜と寿絵さんをひそかに見守るためのグループなんだから」

「だから、俺がさっきから聞いてんのはそこなんだよ。なんでひとんちのことに商店街が首をつっこんでんだ！」

「まあまあ、落ち着いて」

隣に座っていた丸山が、怜の肩に軽く触れた。「実は年末にも、あの男は餅湯に来たんだよ」

「えっ」

まったくの初耳である。急激に喉の渇きを覚えた怜は、苦さをものともせず冷めたコーヒーを一息に飲んだ。

「黙っててごめん」

と丸山は言った。「でも、怜を悩ませてもよくないから、この件は当面、商店街でこっそり対処するのがいいだろうってことになって……」

うわあ、人情が身に染みる。とは、現代っ子の怜には到底思えず、「当事者にちゃんと『報連《ほうれん》相《そう》』しようよ、そういう大事なことは！」と内心で涙した。

「いつ？」

「ん？」

「あいつが来たのって、いつ？」

「ああ、クリスマスイブだよ。怜んちの隣の、履物屋のおばちゃんから、『あの男が穂積《ほづみ》さんとこに現れたわよ！』って、うちに電話がかかってきたんだ。それで俺が父さんに言われて、怜を自宅から隔離するために夫婦岩《めおといわ》へ誘った」

あのとき、どうもマルちゃんが落ち着かない様子だと感じたのは、そういうことだったのか。怜は得心がいった。同時に、寿絵もなんとなく元気がなく、ぼんやりしていたなと思い出して、いまの丸山の発言の全貌がやっと脳に浸透した。

「ええっ！」

と怜は叫んだ。「てことはあいつ、おふくろと接触したの⁉」

男がなにを目的に「お土産　ほづみ」を訪ねてきたのかはわからないが、寿絵の反応や商店街の面々の徹底排除的対応を見るに、歓迎しにくい用件である可能性が高い。こうしてはいられない。いくら商店街のひとたちが監視態勢を敷いてくれても、台風をとどめられるものではない。見張りの目をかいくぐって、今日も寿絵に会いにいくかもしれないではないか。いや、もう会ったあとだったのかもしれない。とにかくおふくろを守らなきゃ、という思いに駆られ、怜は立ちあがった。

「大丈夫だから、座って」

丸山が怜のズボンの裾を引っぱった。竜人も、

「イブんときも今回も、うちの親父がすぐに『お土産　ほづみ』に行って、寿絵さんの護衛についてる。安心しろ」

とうなずいた。おかげで怜も少し冷静さを取り戻し、まずは状況をちゃんと把握するべきかと、渋々ながらではあるが再び腰を下ろした。

竜人と丸山がかわるがわる語ったところによると、本日までの経緯は以下のようなものだった。

クリスマスイブの日、履物屋のおばちゃんは、「お土産　ほづみ」からなにやら言い争う声が聞こえた気がして心配になり、ひょいと隣を覗《のぞ》いてみた。温泉が人々の心身を解きほぐすのか、餅ソングが邪念をも腰砕けにするためか、のんびりムードの蔓延した餅湯はいまも昔も治安のいい町だが、寿絵が女一人で店番をしていると見て取って、酔客などが買い物のついでに絡んだことも、これまで皆無ではなかった。

こんな日のあるうちから、したたかに酔う観光客もおるまいがと思いつつ、まあ念のためと、店先から声をかけようとしたおばちゃんは、レジ横で寿絵が男と対峙しているのを見て、「あれま」と慌てて頭を引っこめた。

「怜ちゃんがもう高校二年生だから、あいつを見るのは十七、八年ぶり？」

と、マル父に電話してきたおばちゃんは興奮した口調でまくしたてたそうだ。「でも、あたしはすぐわかったね。あいつだ、って！」

おばちゃんはマル父への電話のまえに、佐藤《さとう》干物店にもＳＯＳの電話をぬかりなくかけていた。竜人の父親は、同じ商店街で生まれ育った寿絵を子どものころから妹分としてかわいがってきたため、「すわ一大事」と即座に駆けつけた。それでおばちゃんは安心して、マル父にも一報を入れたのである。

「あの子ったら、カチンコチンに凍ったケンサキイカを握りしめてきたのよ。それをぶんぶん振りまわして、『いまさらなんの用だ！　出てけ！』ってすごい剣幕で追い払っちゃった。でも、あいつがまだうろついてるといけないから、怜ちゃんはしばらくおうちに帰らないほうがいいと思うの」

事態を飲みこんだマル父は、ちょうど帰宅して接客にあたろうとしていた息子に、怜を商店街から遠ざけるよう言いわたした。そのため丸山は、スケッチブックを抱えて商店街の出入り口付近をうろうろし、行きあった怜を見事夫婦岩へと誘いだすことに成功したのである。

その日のうちに、メッセージアプリ上で「餅湯商店街危機管理グループ」が結成され、黒いコートの男が寿絵や怜に近づかないよう、監視の目を光らせはじめた。夫婦岩でのデートを終え、意気揚々と佐藤干物店の敷居をまたいだ竜人も、

「おめえまさか、またチャラチャラしてたんじゃないだろうな。そんなことしてる場合じゃねえぞ！」

と父親にどやされ、監視ネットワークに参加することになった。

「ついでに言うと、溶けかけたケンサキイカは売り物にならないから、夕飯のおかずになった。クリスマスイブのメニューがイカの丸焼きってどう思う？」

とは、竜人の談だ。

「みんなに迷惑かけてすまん」

と怜は言った。「でも、俺んちもイブはたしか、鮭《さけ》を中心とした朝飯みたいな晩飯だった」

「チキンのかわりにイカを丸焼きにしたんだと思えばいいんじゃないかな」

と丸山もフォローした。

そういうわけで本日も、商店街の面々は仕事をしながら通行人に注意を払っていたのだが、マル母が駅から出てくる男を店の窓越しに発見したため、大騒ぎになった。なにしろイブから十日近く、「異状なし」としか報告するべきことがなかった「危機管理グループ」なのだ。みんな退屈し、気もゆるんできていたところだったので、「十五号、駅前に現る！」とマル母が風雲急を告げると、「来やがったか！」「十五号来襲！　十五号来襲！」「総員、警戒レベルを最高に引きあげよ！」「干物、すぐほづみへ向かえ！」「了解！　だが干物って呼ぶのやめろ！」などなど、ぽこんぽこんの嵐が吹き荒れた。いや、メッセージが間断なくあちこちから送信されるため、もはや着信音は「ぽぽぽぽ」と化していた。

「はじめて聞いたよ。あんな音になるんだねえ」

とは、丸山が怜に漏らした感慨である。

そうこうするうち、十五号もとい、黒いコートの男は、商店街のアーケードを背にして、駅前広場を眺めわたせる場所に立った。てっきり「お土産　ほづみ」に向かうとばかり思っていた丸山一家は拍子抜けしたとのことだ。むろん、随時情報共有していた「危機管理グループ」のメンバーも同様だっただろう。

「佐藤さんの怒りっぷりに懲《こ》りたんじゃないか」

というのが、マル父の見解だった。『ほづみ』へ行くと面倒が起きるっていう判断なんだろうが、人待ち顔でいるのがどうも気になるな」

「寿絵さんと怜くん、二人ともいま家にいるのかしら」

と、マル母は不安そうに表をうかがった。「どっちかが外出してて、あいつと鉢合わせでもしたら……」

その言葉を受け、丸山はハッと思い出したのだという。

「怜は毎年、一月二日に桜台へ年始の挨拶に行くはずだよ」

「だとすると、帰ってきた怜くんと顔を合わせる可能性が高いぞ」

とマル父は腕組みし、

「まあ大変。どうする?」

とマル母はお盆を胸に抱えてフロアをうろついた。そのあいだ、ちらほらといる客は放置されていたが、あいかわらず暇をつぶす地元住民のみだったので文句は出なかった。なかには「危機管理グループ」に加わっているものもいて、固唾《かたず》を飲んでなりゆきを見守っていた。

「怜が来たら、俺がうまくこの店に連れてくる」

と申してたのは竜人だった。実は竜人は最前から、「喫茶　ぱらいそ」でくつろいでいた。家にいても父親と喧嘩《けんか》になるだけなので、どこか遊びにでもいこうと思ったのだが、あいにく愛美は家業である旅館の手伝いで忙しいとのことだったし、ふらりと立ち寄った「お土産　ほづみ」では寿絵が一人で店番をしていた。

「怜なら桜台。もうすぐ帰ってくると思うけど」

と寿絵に言われ、じゃあジミーんとこでなんか飲ませてもらお、と喫茶店に足を向けたのである。寿絵からはお年玉がわりに餅湯温泉饅頭《まんじゅう》をひとつもらったので、歩きながら一口でたいらげた。それを聞いた怜は、「おふくろには饅頭が通貨に見えてんのか？」と思い、頭を抱えたくなった。恥ずかしいからやめてほしい。

「喫茶　ぱらいそ」の隅っこの席で、竜人はめずらしく静かに過ごしていた。そのため、怜の救出作戦に名乗りを上げるまで、丸山一家も店内の客も、竜人の存在を忘れていたのだ。ではなぜ竜人がおとなしかったのかといえば理由は簡単、朝も昼も餅を五個入れた雑煮《ぞうに》とおせちを食べたところへ、饅頭の甘みが決定打となって睡魔に抗えず、心地よい昼寝を満喫中だったのである。

緊迫する気配を察して午睡から覚めた竜人に、出番はすぐにまわってきた。

「来た来た、怜くん来たわよ！」

観葉植物の葉陰からゲリラのように目だけ覗かせ、窓の外を見張っていたマル母が小さく叫んだ。もう作戦の細部を打ちあわせする暇はない。

「竜人、任せた！　怜くんを怜くんだとばれないように、ここまで退避させてきてくれ」

マル父の指示を受け、竜人は「よっしゃ！」と店から飛びだしていった。マル父は間髪をいれず、息子にも指令を下す。

「十五号が店まで追ってくるといけない。和樹《かずき》、部屋で待機して、二人が戻ってきたら匿《かくま》ってあげるんだ」

「うん！」

丸山は大慌てで階段を上り、自室の窓から広場での救出作戦の推移を注視したのだった。


「そのあとのことは、怜が体験したとおりだよ」

経緯を語り終えた丸山はコーヒーで喉を潤し、「おかわり持ってこようか」と立ちあがりかけた。怜は脳内を整理しつつ、

「いや、いいよマルちゃん。座ってくれ」

と言った。

商店街の面々が寿絵と自分を守ろうとしてくれたことはよくわかったが、しかしやはり「人情が身に染みる」とは思えず、むしろ「こわいよ『危機管理グループ』！　俺、むちゃくちゃ監視されてたんだな」と震えずにはいられなかった。丸山と竜人が口々に説明した経緯には、端々《はしばし》に「作戦」「指令」といった単語が用いられ、台風情報というよりは戦争みたいになっているのも、またこわい。

総じて、商店街の住人たちが黒いコートの男の出現に色めき立ち、ちょっとした非日常感を楽しんでいることがうかがわれ、「ひとんちの事情をダシに浮かれたい気分なんだな……」と怜は虚脱感を覚えるのだった。それもこれも、さしたる事件も出来事もない餅湯町だからこそで、温泉でふやけたようなのんびりムードが憎い。

「みんなの気持ちはありがたく思う」

と、怜は洗練されていない英文和訳かどこかの王さまみたいな発言をした。「でもちょっといろいろ気になるんだけど、俺の父親って会わないほうがいいぐらいの悪人なわけ？　なにしたの、あのひと。殺人とかすぐ暴力に訴えるとか店員さんに横柄《おうへい》とか小銭に異様にうるさいとか？」

「後半のほう、単にいやなやつになってる」

と竜人は笑った。

「そのあたりについては、本当に俺たちはなにも知らないんだ」

と、丸山はすまなそうに言った。「竜人や俺の親たちはもちろん世代的に、十五号がどんなひとで、なにがあったのかを見聞きしてるはずだけど、まるで教えてくれないし」

「『危機管理グループ』は、こっそり俺たちを見守る方針だったんだろ？　いまこうして話してくれてるのはなんで」

「言い訳っぽいけど、俺と竜人は最初から、怜や寿絵さんにちゃんと状況を伝えたほうがいいと思ってたんだよ」

丸山がそう言いながら竜人に視線をやると、竜人も「そのとおり」とばかりにうなずき、

「あいつがなんの目的で餅湯に来るのかわかんないけど、話しあうにしろ追い返すにしろ、怜たちに心がまえがなきゃ、どうしようもないからな」

と言った。「でもうちの親父は、『わざわざ不安にさせることたあねえ、内緒にしとけ』の一点張りでさあ」

怜はふと気がついた。竜人が店番をほっぽりだして「喫茶　ぱらいそ」にいたのは、そしてそ

のまえに「お土産　ほづみ」に顔を出したのは、怜と寿絵を案じてくれたからなのだろう。もともと愛美と遊びにいくつもりはなかったのだと察し、「だったら『心配で様子を見に立ち寄った』って言えばいいのに、素直じゃない」と思った。とはいえ、竜人の気づかいが照れくさくもうれしいのは事実で、しかし怜も感謝の思いを口にできなかったのは、素直になれないお年ごろだからだ。

「今日、十五号がまた餅湯に現れた。どうしても怜と寿絵さんに会いたい用事があるってことだと思う」

と丸山は話をつづけた。「それで俺は、やっぱり怜にちゃんと話したほうがいい気がした。竜人もそうでしょ？」

「おう」

「さっきコーヒーをいれながら、父にもそう言ったよ。父も、『こうなったら、そのほうがいいだろう』って同意してくれた」

「だけどマルちゃんのお父さんは、あいつについて知ってることは教えてくれなかったってこと？」

「うん。それは部外者が勝手に知ったかぶってしゃべるべきじゃないから、って」

部外者の言動にどうもブレがあるというか、定義が伸縮自在というか……。部外者のくせにうきうきと「危機管理グループ」を形成しておきながら、男の過去については堅く口を閉ざす。いったいどういう基準なんだと怜は困惑し、

「そこも気になってたんだけど」

と言った。「俺だけじゃなくおふくろも、子どものころからずっと餅湯に住んでる。つまり近所じゅう、顔見知りだらけだ。なのに俺はこれまで一度だって、だれかが父親の噂話《うわさばなし》をしてるのを聞いたことないんだ」

「俺もそう」

と竜人が同意した。「ガキのころ、『怜のお父さんってどこにいるの？ 死んじゃったの？』って親父に聞いたら、『生きてんだろうけど、子どもがよそさまのことに首つっこむんじゃねえ！』って叱られて、それっきりだな」

喫茶店という情報とひとが集まる場で生まれ育った丸山ですら、

「言われてみればたしかに、噂も聞いたことないね」

と言う。

「それってやっぱり変だと思う」

物心がつき、成長するに従ってどんどん大きくなっていった疑問を、怜はついに口にした。幼いころから同じ商店街で育ち、気心が知れている竜人と丸山が相手だからこそ、打ち明けられることだった。

「ふつう『出生の秘密』って、噂とかで本人に漏れ聞こえてくるもんじゃないの？ ほら、授業でやった『源氏物語』でもさ、光源氏の息子がなんかガビーンってなってただろ」

「そんなのやったっけ？」

と竜人が首をかしげた。やったよ！ 授業聞いてないのかおまえは！ と怜は言いそうになったが、そういえば竜人が授業なぞ聞いていないのは自明のことだった。

「なあ、マルちゃんもそう思うだろ」

怜は方針転換し、常識人の丸山に話を振った。「古典じゃなくたっていい。映画でも漫画でも、だいたい出生の秘密をポロッとこぼす親戚のおせっかいおばさんとかがいて、ガビーンってなってる。なのになんで俺の場合、だれも父親について教えてくれないんだ？　そりゃたしかに俺には近しい親戚いないけど、そういうときのために人情味あふれる商店街があるんじゃないのかよ。近所のひとたち、なにしてんだよ！　ポロッとこぼす役割をはたしてほしいよ！　あの男は口にするのも憚《はばか》られる悪の化身かなんかで、俺もいつか体のどっかに『666』って数字が浮かんできちゃうのか⁉　こわいよ！　知りたいよ、俺がどこから来た何者なのかを！」

そうだ、本当はずっとずっと、俺は知りたかったんだ、と怜は思った。母親が二人いて、父親がいない、少々変則的な暮らしや境遇に不満を感じたためしはなかったが、不安ではあった。寿絵または伊都子が生みの母親だと仮定して、後悔はないのだろうか。「あんなやつの子どもなんか生まなきゃよかった」と思うことは一度もなかったのだろうか。寿絵と伊都子は互いを補いあうようにして怜を育ててくれたが、いったいいかなる事情からそんなややこしいことになったのか、現状に満足しているのか、聞いてみたくて、でもこわくて尋ねることができなかった。

写真もなく、とうの昔に成仏したかのように人々の噂にも上らない未知の父親は、怜の不安の根源だった。自分だけが、いもしない幽霊を幻視し怯《おび》えているんじゃないかという気がしてくる。自分がまるで無から生まれたみたいで、足もとが揺らぐ感覚がする。

思わずヒートアップしてしまった怜は、大声でたくさんしゃべるのに慣れていないため、ぜえぜえと肩で息をついた。

「まあまあ、落ち着いて」

丸山が先刻と同じセリフを穏やかに口にした。「『源氏物語』や映画や漫画でおせっかいおばさんが活躍するとしたら、それはフィクションだからだよ」

「えっ!?」

「だれかが出生の秘密を漏らしてくれないとストーリーが進まないから、おせっかいおばさんはおしゃべりで、『あら、ごめんなさい。あなた知らなかったのね……』って言うんだ」

そんなふうに考えたことがなかったので、「なんて斬新な説だ」と怜は目から鱗《うろこ》が落ちる心持ちがした。しかし、秘密を知ったら漏らしたくなるのも、噂話が好きなのも、人間の性《さが》なのではないか、フィクションはその現実を反映しているだけなのではないかとも思え、けれどこの場には判断を仰げる人物があと一名しかいなかったため、

「そうなの……?　竜人、どう思う」

と、非常識人たる竜人にやむなく話を振った。竜人は重々しく、

「お答えを差し控えさせていただきます」

と述べた。

「おまえ重要な局面で官僚答弁やめろ!」

「だってしょうがねえだろ、俺にはよくわかんないんだから!　むずかしいこと聞いてくんな!」

「まあまあ。まあまあ」

あぐらをかいたまま胸ぐらのつかみあいをはじめそうになった怜と竜人を、丸山が必死にとどめる。

「俺たちだけで勝手に騒いで、怜にとっては余計なお世話って感じだよね。ごめん」

と丸山は言った。「でも、みんなが怜と寿絵さんを心配してるのは本当だ。知っていることがあったとしても、父さんたちが怜になにも話してこなかったのは、べつに意地悪でとか、のけものにしたかったからじゃない」

「……うん、わかってる」

丸山のふだんと変わらぬ声音を聞いていたら、怜は柄にもなく興奮したことが恥ずかしくなってきた。商店街の人々が不用意な噂話をしてこなかったのも、黒いコートの男を総力を結集して見張ってくれていたのも、すべて怜と寿絵を思いやってのことだ。怜もかれらの心づかいを感じながら餅湯で暮らしてきたのに、非常事態に直面して、つい動揺してしまった。

「過去になにがあったのかは、怜が聞きたいタイミングで、寿絵さんや桜台のほうのお母さんに聞いてみればいいんじゃないかな」

と丸山は言い、

「そうそう、おせっかいおばさんのポロリなんか期待すんな」

と竜人もえらそうにうなずいた。

二人のアドバイスはもっともだと思ったが、聞き逃せない点もあった。

「ちょっと待って」

と怜は言った。「あの男、桜台の母ともかかわりがあるのか?」

「いや、知らねえけど」

「俺たちは、怜の桜台のお母さんとは会ったことがないしね」

竜人と丸山はそろって首を振った。

「でも、二人とも怜のお母さんなんでしょう。だったら桜台のお母さんも、なんらかの関係はあるんじゃないかな」

丸山が当然のことのように、「二人とも母親」との認識を表明したので、怜は少々たじろいだ。自分こそが、「父親と母親は一人ずつなものだ」という考えにとらわれていたのかもしれない、と気づいたからだ。現実はもちろんそんなことはなく、たとえば親の再婚などで、複数の父親や母親がいるひとは大勢存在する。俺って実は旧弊《きゅうへい》だったんだなと、怜は反省した。

同時に怜は、「父親らしい黒いコートの男が『お土産　ほづみ』に現れた＝自身の生みの母は寿絵である」と、無意識のうちにすんなり思いこんでしまっていたことにも気づき、衝撃を受けた。それは従来、自分を生んだのは寿絵なのではないか、そうだったらいいなと思っていたためであると、心の奥底を突きつけられることだったからだ。

ともに暮らす時間が長く、店を切り盛りし、厳しい家計をやりくりして育ててくれた寿絵こそを、怜は「母親」だと認識していたのだ。寿絵は口が悪いし、怜への関心もいまいち薄いように感じられるときがあるうえに、家事も生活もどちらかといえばずさんかつずぼらで、上げ膳据え膳の桜台での生活とは正直なところ雲泥の差だ。伊都子はというと、素《そ》っ気《け》ないようでいて、実際はいつも怜の話にきちんと耳を傾け、親身になってくれる。

にもかかわらず、怜にとっての「家」は、寿絵のいる餅湯商店街の「お土産　ほづみ」なのだった。二人の母親を等しく大切にしようと思いながらも、寿絵が生みの母親なのではないか、そうであってほしいと、怜の心はいつもいつもだれにも届かない声で訴えつづけてきたのだった。

とうとう本心に直面せざるを得なくなった怜は、伊都子に顔向けできない気持ちがした。しかしいま問題なのは、「商店街は監視の目が光っていて、寿絵に近づけない」と悟った男が、つぎは桜台へ行くのではないか、ということだった。伊都子が怜の生みの母である可能性ももちろん充分すぎるほどあり、そうだとすれば男と関係があったのは伊都子なのだ。復縁を迫ったり、金をせびったりするのが男の目的なのだとしたら、どう考えても寿絵より伊都子のほうが好条件のはずで、怜は床に置いていたエコバッグから慌ててスマホを取りだした。

登録した電話番号の一覧を眺めても、あせりから慎一の名字をなかなか思い出せなかった。やっと「武藤《むとう》だ！」と記憶をたぐり寄せ、マ行から慎一の名前を探しだして発信する。

「怜くん、どうしたの」

怜がめずらしく電話をかけてきたので、慎一はちょっと驚いているようだった。「忘れものでも……」

「そっち、なんか変わりないですか！」

慎一の言葉をさえぎって、怜は半ば怒鳴るように言った。

「ええ？　さっき会ったばかりなのに、そうそう変わりはないよ。ほんとどうしたの？」

よかった、あいつが訪ねてきてはいないようだ。怜は安堵の息をついた。よく考えてみれば、桜台の家は遠隔操作でしか開閉しない巨大な門がそびえているし、夜中にうっかり風呂場の窓に触れようものなら、即座に警備会社のひとが飛んでくる仕組みになっているとかで、銀行の金庫のつぎぐらいに万全のセキュリティーだ。客も近所のひとも入ってきほうだいな「お土産　ほづみ」に比べれば、よっぽど安全だろう。

しかし、なにごとも起きていないならば、泡を食って電話したのは失敗だった。伊都子に、「黒ずくめの男が来なかった？」などと聞いたら、不安にさせてしまうし不審がられるだろうと思い、慎一への連絡を選んだのだが、たぶん慎一は伊都子とつきあっている。そんな慎一に、「お母さんの昔の男っぽいのが訪ねてくるかも」と伝えていいものなのか、怜はためらった。新旧の男たちが殴りあいでもはじめてはまずい。

「うん、なんでもない」

と、怜はあえて明るく言った。「戸締まりに気をつけて、お母さんによろしく伝えてください」

慎一は怪訝《けげん》そうになにやら言っているようだったが、聞こえないふりをして通話を切る。こんな気苦労が生じるのは、寿絵と伊都子と黒いコートの男、三者の関係がまるでわからないからだ。いまこそはっきりさせなければならない。あの男は本当に俺の父親なのか。俺を生んだのはおふくろとお母さんのどちらなのか、あるいはどちらでもないのか。俺はなぜふたつの家を行き来することになったのか。すべてを明らかにするときが来た。もう「こわい」なんて言っていられない。

「今日はありがとう。またな」

竜人と丸山に礼を言い、怜は決然と立ちあがった。エコバッグをひっつかんで階段を駆け下り、丸山の両親に「またお礼に来ます！」と言い置いて、喫茶店を飛びだして家へと走る。

アーケードに建ち並ぶどの店からも好奇の視線が注がれている気がして、落ち着かない気分だった。

寿絵に真実を問いただそうと、怜は意気込んで帰宅した。

さりげなく寿絵の警護にあたっていたはずの竜人の父親は、とっくに佐藤干物店に戻ったようだ。「危機管理グループ」の情報網により、黒いコートの男が去ったことを把握したためだろう。

怜を出迎えたのは店番中の寿絵のみで、

「おっかえりー」

と上機嫌だった。「あんたどうしたの、そんなハアハア言って。変態みたいよ」

なんにも知らず呑気《のんき》なものだ。思わずにらみつけた怜にはおかまいなしで、

「見てこれ、佐藤さんにもらっちゃった」

と、レジ台に置いてあったカマスの干物を掲げた。「冷蔵庫に入れておいて」

「そういえば俺も、お母さんから揚げ物もらった」

「ラッキー！　じゃあ二食ぶん浮くね」

喜ぶ寿絵を見ていたら、毒気が抜けたというか出鼻をくじかれた。そうだった、怜が物心ついてからこのかた、寿絵はいつもこの調子だった。所帯じみて金の心配をするわりには朗らかで、どこか無邪気だ。どんと構えているところがあって、「あんたって悩みすぎなのよねえ。あたしがなんとかするから大丈夫」と、なんでも笑い飛ばす。怜にとっての「母親」像はやはり寿絵で、しょっちゅうからかってくるので「うざい」と思いつつも憎めず、つい安らぎくつろいでしまう相手なのだった。

そのくつろぎが大敵で、生活感満々の自宅で、家族に対して、改まった話は切りだしにくい。怜もこれまで何度も、『所帯じみた土産物屋のおばちゃん』と俺の目には映るけど、おふくろっ

てまだぎりぎり三十代なんだよな。てことは、二十歳そこそこで俺を生んだかもしれないのか……」などと考えては、父親のことや寿絵の来し方について尋ねるべきかと迷うことがあった。しかしそのつど、「ぎゃー、みそ汁噴いた！　怜、コンロ止めて！」だの、「もう腰が岩になった……。湿布貼って」「やだよ、自分でやれよ！」だの、しみったれた、けれど強靭《きょうじん》な、日常以外のなにものでもないやりとりに終始してしまい、気力を萎《な》えさせられてきたのである。

　この日も怜は、意気込んだわりには腰砕けとなって、揚げ物をおかずに寿絵と交代で晩ご飯をすませ、粛々《しゅくしゅく》と店じまいをした。なんて切りだせばいいんだろうと悶々《もんもん》とするうち、もう疲れて面倒くさくなってくる。簡単に聞けるものなら、いままでの十数年間でとっくに真相を把握できていたはずだ。

　とはいえ、なにも探りを入れずにすませては、奮闘し気づかってくれた竜人と丸山に申し訳が立たない気もする。秘密を垂れ流す近所のおせっかいおばさんがいたら、どれだけ楽だっただろうと嘆きつつ、風呂から出た怜は台所の椅子に座って寿絵を待った。

　レジの集計を終えた寿絵が階段を上ってきた。怜は汗のにじんだ掌をパジャマのズボンにこすりつけ、声をかけるタイミングを見計らう。

「あのさ」

「あんたまだ起きてんの？　明日の朝、あたしお雑煮のお餅二個ね」

　寿絵は廊下を通り過ぎ、そのまま風呂場へと消えた。なんで俺が朝食当番って決まってんだよ。それについても話しあいたい。怜は待った。本格的に暖房を効かせるのはもったいないので、足もとに温風を送る小さなヒーターのみで我慢する。台所は底冷えがするのに、旧式のヒーターは吐息程度の風量とぬくもりしか生みださず、座りながら自分の足を交互に踏んづけて気をまぎらわせた。

寿絵がほかほかになって、「ふぃー」と風呂から上がってきた。

「うわ、まだいたの!? 早く寝なさいって」

寿絵は冷蔵庫から発泡酒の缶を取りだし、怜の向かいの椅子に座って、ちびちび飲みながらテレビをザッピングしはじめた。ついでに灯油ストーブもつけて、主に自身のほうに熱が来るように向きを調節している。いつものことながら、勝手気ままな振る舞いだ。怜は小型ヒーターのスイッチを切り、オレンジ色の熱のおこぼれにあずかろうとテーブルの下でなるべく脚をのばした。

「あのさ」

「なにさ」

「……なんか変わったことなかった？」

「ないわよ、なんで？」

怜はちらっと寿絵を見た。寿絵はお笑い芸人のネタに声を上げて笑っている。昨年末に黒いコートの男が店を訪ねてきたのは確実なのに、なにも気にしていないようだ。いや、そういうふうを装っているだけかもしれず、けれど怜の眼力では真意を見抜くことができなかった。寿絵の朗らかパワーは、怜も含めた他者をはじく盾《シールド》でもある。

シールドを発動させるのは、心配をかけまいとする思いからだとわかってはいたが、それでも腹立たしく、少しさびしく悲しくもなって、

「もういい」

と怜は椅子から立った。「おやすみ」

「おやすみー」

自室に引きあげた怜は、冷えた布団に身を投げ、枕に顔を押しつけて「うおー！」と叫んだ。

「怜、うるさい！　近所迷惑！」

と、すかさず台所から寿絵の怒鳴り声が飛んできた。そっちのほうがうるさい。

少なくとも、寿絵は怜が騒いだら、犬に対するように叱る方針であることだけは明らかになった。となると、夢を見てうなされている息子に気づかず、寿絵はすやすや眠っていたということなのだろう。

呑気で鈍感な母親を持つと苦労する。けれどそんな母親を守るためにも、友だちに腑抜《ふぬ》けと思われぬためにも、事実を知らなければならない。

寿絵に聞こうとしたのがまちがいだった。飯と金のことが脳の大半を占めているらしいのに、男女の機微《きび》がかかわっているだろう話題を振っても無駄だ。

伊都子の顔が浮かび、怜は萎えた気力を必死に呼び覚ました。そうだ、桜台のお母さんのほうが、まだしも話が通じる。明日まではいると言っていたし、男が現れたと直接注意喚起したほうがいいかもしれないし、訪ねてみよう。

そう決めた怜は、気合いと緊張が高まってなかなか寝つけなかった。かといって参考書を開く気にもなれない。襖《ふすま》越しにテレビの陽気な笑い声が聞こえてくる。寿絵は最前とは打って変わって、テレビにはなんの反応も示していない。もう怜が眠ったと思っているのだろう。明るさを取りつくろう必要はなくなったとばかりに、声も気配もなく、台所に一人ぽつねんと座る姿が見えるようだ。

たまらなくなって、怜は布団のなかで体を丸めた。どんな事態にも動じずにすむような、知恵や腕っぷしや経済力が欲しいと思った。でも、そんな大人はどこにもいない気もした。どれだけの知恵と力と金を手に入れても、心があるかぎり、たぶんだれしもが、ときにたじろぎ、みっともなく慌てふためき、弱気になってしまうものなのだろう。

ぬくもってきた布団に包まれ、怜は心がまだ心の形をしていなかったころのことを思い出そうとした。でも、試みは成功しなかった。そのとき自分はだれの腹のなかにいたのだろうと思ったら、さっそく心臓のあたりがきゅうと痛みを覚えたからだ。

一度宿ってしまった心を捨て去ることはできそうもなかった。

六、

ぶぶぶぶ、と蠅《はえ》の羽音がする。

怜《れい》は夜の砂浜に立っている。見慣れた餅湯《もちゆ》の海水浴場だ。でも、いまはあたりにだれもいない。空には星がひとつもないし、海岸沿いに林立するマンションやホテルの明かりもなぜか灯っていない。低い海鳴りとともに、彼方から白い波がつぎつぎと生みだされては足もとに寄せくるばかりだ。いくら踏みしめても、なまぬるく湿った砂が波の動きにつれて足の裏を這《は》いずりまわる。

五メートルほど離れた場所に、こんもりと黒い塊がある。光源がなく真っ暗なはずなのに、怜の目はそれをとらえている。海水浴客が寝転がったひとに砂をかぶせて遊んでいるのはよく見る風景だが、ちょうどそんな感じのふくらみだ。黒いのは砂が湿っているせいかと最初は思った。でも、ちがう。ぶぶぶぶ、と蠅の羽音がする。無数の蠅がたかって小山を形成しているのだ。

あそこに俺の秘密が埋まっている。

怯《ひる》む気持ちを飲みくだし、意を決して一歩踏みだしたとき、唐突に目が覚めた。

枕もとで充電していたスマホが、ぶぶぶぶと震えながら畳のうえをすべっていた。

「なんなんだよ……」

寝ぼけまなこで布団から手をのばし、光るスマホを取って眺める。画面には「心平《しんぺい》」と表示されていた。

「もしもし？」

「おー、やっと出た！　おはよー！　あけおめー！」

「うるさい……」

思わずスマホを耳から離したが、それでも充分に聞き取れるほどの声量で心平はつづけた。

「初日の出、見にいこうぜ。下りてこいよ」

「え、どういうこと」

急な申し出に寝起きの脳が追いつかない。「今日ってたしか三日で、初日の出？」ていうか、スマホからだけじゃなく、生の声も聞こえるような……。渋々と布団から這いだし、アーケードに面した窓を開けてみた。あたりはまだ夜と言っていいほど暗く、押し寄せる冷気に身震いする。覗《のぞ》きこむと、シャッターを下ろした「お土産　ほづみ」のまえで、心平、竜人《りゅうじん》、丸《まる》山《やま》、藤島《ふじしま》がこちらを見上げて手を振っていた。各々《おのおの》自転車にまたがり、コートだけでなくマフラーや手袋も装着して、防寒対策はばっちりといった感じだ。

「なんで急に日の出なんて見にいかなきゃならないんだよ」

怜は近所迷惑にならぬよう、なるべくひそめた声で言った。

「お正月だから！」

ふだんよりも張りのある心平の声が、手にしたスマホと眼下から二重になって答えた。「ゆうべ決めただろ。寒いから早く」

そんな取り決めをした覚えはなかったが、これ以上店のまえに居座られると、近所から苦情が出ること必至だ。通話を切って窓を閉めた怜は、超特急で洗顔と小用をすませ、着替えをした。台所のテーブルに「日の出を見にいく」とメモを残し、マフラーをしながら階段を駆けおりる。シャッターを開けるついでに思いついて、寒さよけに軍手をはめた。夜気を吸いこんだシャッターは氷の板かと思うほど冷たく、指さきが貼りつきそうだった。

「遅いぞ」

と竜人が言った。怜はコートのポケットからスマホを出して確認する。朝の五時半だ。ついでに言えば、心平との会話を切りあげてから五分と経っていない。ちなみにメッセージアプリは深夜に大活躍していたらしく、二十三件も未読のやりとりがあった。心平たちが「日の出を見にいこう」と決めた痕跡だろう。

どうして未読スルーの俺まで人数に入れるんだよ。俺は今日、桜台に行きたいんだけど。言いたいことはいろいろあったが、抗議しても無駄だろうとわかっていたので、

「ごめん」

と、とりあえず謝った。店と店の狭い隙間から、愛用のママチャリを引っぱりだす。

「で、どこ行くの」

「餅湯城の丘だってさ」

藤島がいつもながら泰然と応じ、

「れっつらごー！」

と心平が先陣を切って自転車を漕ぎはじめた。竜人がすぐあとにつづく。丸山は目が半分も開いておらず、ペダルに足を載せようとしてさっそく踏みはずしていた。

アーケードの下、ひとのいない商店街の坂道を五台の自転車は下る。竜人と心平はあっというまにゆるやかなカーブを曲がり、姿が見えなくなった。

「旅館はいいのか」

と怜は隣を行く藤島に尋ねた。

「ああ、今日はチェックアウト後の清掃から入れば大丈夫」

坂を下りきり、海岸通りに出た。アーケードがなくなったとたん、冬の海風が横殴りに吹きつける。あまりの寒さに、怜と藤島は思わず目をつぶって自転車を停めた。

「おーい、マルちゃん」

「しっかりしろー」

振り返って呼びかけると、丸山はがちがちと歯を鳴らしながら追いついてきた。

「無理……。俺は断ったのに、心平に拉致《らち》られた……」

真っ赤になった丸山の耳に、藤島が自分のしていた耳当てをつけてやった。

「しょうがないよ。心平はなにか俺たちに見せたいものがあるみたいだし」

「太陽以外に？」

「うん。さっきそんなようなことを言ってた。あいつ、『思い立ったが吉日』タイプだからな」

藤島は鷹揚《おうよう》に笑い、「さ、行こう」とうながした。

「脳筋《のうきん》な友人を持ったのが運のつき、って諦《あきら》めるしかないか」

怜もそう言って軍手をはずし、丸山に差しだす。ついでに冷たくなった自身の鼻の頭を触ってみたら、毛穴が縮んだのか、なんだかいつもよりもつるつるしていた。

海岸通りを自転車のライトが五つ、崩れやすい星座みたいに前後して揺れながら進む。呼応するように銀の星が空で瞬《またた》く。左手には黒い海が広がり、水平線はまだどこにあるのかわからない。朝の光は遠い。たまに猛スピードでかたわらを通り過ぎる車があるぐらいで、町は寝静まっている。

丘の麓《ふもと》で竜人と心平が待っており、

「だれが一番に城へ着けるか競争だ」

と勝手に宣言して、坂を立ち漕ぎで上りはじめた。電動自転車かと見まごうほどのスピードだ。もちろん、怜、丸山、藤島は自転車から降り、押して歩きながら坂を上った。途中の道端で竜人と心平が、

「ううう、太腿《ふともも》の筋肉が断裂した……」

「餅湯の丘、手強い……！」

とうめきながら転がっていたが、見捨ててさきに進む。

餅湯城の敷地に立ち、怜たち三人は丘のうえから海を眺めた。あたりがうっすらと明るくなってきたと思ったら、海に赤い光が横一線に走り、「空との境はここだ」と示した。丘の鳥がにぎやかに囀《さえず》りだし、空を覆う雲も、海も、鈍い白色に輝きはじめる。

「曇ってるうえに、ここじゃあ方角的に海からの日の出は見えないな」

と怜はつぶやいた。

「薄々思ってはいたんだが、岬《みさき》の向こうが東だ」

と藤島が指摘し、

「じゃあなんでこんな朝っぱらから……」

と丸山は鼻をすすった。

ややあってすがるように自転車を押しながら、よたついた足取りで竜人と心平が姿を現した。

「おまえらほんと、なんで俺たちを誘ったんだよ」

怜はあきれた。「もうすっかり朝だけど、日の出を見るんじゃなかったのか」

「いやあ、予想以上にきつかった」

と心平は太腿を拳《こぶし》で叩き、

「人生に誤算はつきものだっていうからな」

と竜人は荒い呼吸で、なぜかえらそうに胸を張った。

「竜人たちのすることで誤算じゃなかったときって、具体的にいつなの」

と言ったのは丸山だ。怜は自分の内心の声が漏れたのかと思って驚いた。丸山がこんなふうに反駁《はんばく》するのはめずらしい。寒い冬の朝に無理やり叩き起こされ、連れだされたのが、よっぽど腹にすえかねたらしいとうかがえた。

竜人と心平も丸山の怒りを察したようだ。着ぶくれて雪だるまのようなフォルムになった丸山の肩を抱き、腕を取って、必死に機嫌を取りはじめた。

「ごめんな、ジミー。そうカリカリすんなって」

「たしかに俺たち、誤算以外になにもない人生だったよ」

さすがにそこまで凄絶かつ運の悪い人生でもないだろう、と怜は思ったが、竜人と心平は、ここは徹底的に丸山に迎合《げいごう》すべきと判断したようだ。ふだん温厚な丸山が静かに怒ると、有無を言わせぬ迫力があるのは事実だ。どうなることかと見守っていたら、

「お詫《わ》びにいいもん見せたげるからさ。ね?」

と、心平が丸山の腕を引っぱった。「みんなも来て」

心平が一同を導いたのは、餅湯城の裏手にある通用口だった。天守閣の土台となる城壁に、素《そ》っ気《け》ない灰色の鉄製ドアがはまっている。ドアには、「関係者以外立ち入り禁止。博物館にご用のかたは、正面におまわりください」と手書きの色褪《あ》せた貼り紙があった。しかし心平はおかまいなしに、ドアノブに手をかけてなにやらガチャガチャやっている。

「おい、心平」

怜は心配になって声をかけた。「こんな朝早く、しかも正月休みに、博物館にはだれもいないだろ」

「大丈夫。学芸員さんから合鍵預かってるから」

「え?」

驚くと同時に、ドアが開いた。心平は得意げに掲げてみせた鍵をコートのポケットにしまい、「どうぞ」と我がもの顔でうながす。縄文式土器盗難事件が勃発したというのに、警報が鳴る気配もなく、あまつさえ部外者に合鍵を渡してしまっているらしい。博物館の危機管理はどうなってんだ、と思いつつ、怜は城の内部に足を踏み入れた。毒気を抜かれた様子の丸山と、あいかわらず泰然とした藤島もあとにつづく。最後尾の竜人が、手慣れた感じで通用口のドアを内がわから閉めた。

心平が一同を導き入れたのは、博物館のバックヤードで、事務室兼職員の休憩室として使われているようだった。部屋の中央に長机と何脚かのパイプ椅子が置かれ、壁際にはパソコンの載った事務用デスクがひとつある。それ以外の壁面は本棚状のスチール棚で覆われ、整理分類中らしい農具やらお面やらが並べられていた。そのなかには縄文式土器も複数あった。

「去年、みんなで土器を見にきてから、俺けっこう博物館に来るようになってさ」

と心平は言い、スチール棚のほうに歩いていった。「学芸員のおじいさん――田岡《たおか》さんっていうんだけど――と仲良くなって、いまじゃ出入り自由よ」

危機管理、と怜はまた思った。博物館が入っている餅湯城はコンクリート製のためか、バックヤードも底冷えがし、屋外より寒いぐらいだ。隣に立った丸山が再びがちがちと歯を鳴らしはじめたので、急いでコートのうえから腕をこすってやる。

「そんで、田岡さんと話してるうちに判明したことがある。これ見て」

心平が指した棚の縄文式土器を、一同は取り囲んで眺めた。「どう思う?」

「立派な土器だな」

と藤島が言った。「どこも欠けてない」

「縁《ふち》の飾りも、波そのものって感じで躍動感があるし」

怜も改めて縄文人の創作能力に感心した。

「でしょでしょ？」

心平はうれしそうだ。「これ、俺が小学校のときに作った土器」

「はああ!?」

怜、丸山、藤島は思わず大声を上げ、正気か、と心平を見た。竜人だけはあらかじめ話を聞いていたのか、うんうんとうなずいている。

「心平、以前もそんなようなこと言ってたよね」

と丸山は首をかしげた。「これを作ったたっていう証拠でもあるの」

「証拠っていうか、まえにジミーがヒントをくれたとおり、目印なんだけど」

と心平は言い、土器をよいしょと手に取って逆さにした。「底の部分に貝殻が埋まってるだろ？」

たしかに、土器の底のど真ん中に、煤《すす》けてはいるが小さな二枚貝の片翼《かたよく》が埋めこまれていた。

「この貝、俺がガキのころ、餅湯の海岸で拾ったやつ」

心平は棚に土器を戻し、今度はその隣の土器を抱えた。「ほら、こっちにもあるだろ。当時、自分で作った土器やドグーには貝を埋めこむようにしてたなーって、田岡さんと話してて記憶がどんどんよみがえったんだ」

「だけど……、とても信じられないよ」

と藤島が言った。「こんな精巧な土器、小学生が作れるものか?」

「もちろん、俺一人じゃなかったからね」

心平は二個目の土器も棚に戻して手ぶらになると、くつろいだ様子でパイプ椅子に座った。怜たちも長机のまわりにある椅子に、思い思いに腰を下ろす。

「そのころ博物館にいた学芸員さんは、田岡さんじゃない、若い男だった。五年ぐらいまえの学芸員さんってことで、ガイトゥするひとを田岡さんにざっと調べてもらったんだけど、もう町役場をやめたみたいで。再会できなくて残念だった」

「校外学習で縄文式土器を作ってみたとき……」

と、竜人が腕組みをして天井を見上げた。「たしかに心平を褒めてた博物館のひとがいた。顔なんか覚えてねえけど、うん、若めの男だった気がすんな」

「この部屋にある縄文式土器は、そのひとと一緒に量産したものなんだ」

心平は堂々と言い放ち、

「なんで量産なんかしちゃったんだよ」

と怜はため息をついた。

「え? 楽しかったから」

それ以外の理由があるか、と心平は言いたげだ。「俺に陶芸の才能があるのは、みんなにもわかってもらえたと思う。美大受けよっかな」

「ええええ」

丸山が身を縮めた。万が一にも心平と大学まで同じなんてことになったら大変だ、と思ったのだろう。

「とにかくさ」

と心平は長机に身を乗りだした。「田岡さんと調べてみたら、収蔵庫も含めてバックヤードに七個、展示室のケースのなかに一個、底に貝が埋まった土器が見つかった」

「つまり、心平が作った土器ってこと？」

と丸山がおずおずと尋ね、

「ちょっと待て、偽物も展示してたのか！」

と怜はのけぞった。

「うん。ドグーも含めて二十個ぐらいは作った気がすんだけど、残りは紛失しちゃったのかねえ。去年盗まれたのも、俺の傑作だったかもだし」

心平はあくまでも呑気《のんき》だ。「で、田岡さんと相談して、正月明けの開館日から、展示する縄文式土器を全部、俺が作った土器に切り替えることにした」

「そりゃ名案だ」

と言った竜人が心平とハイタッチし、

「どこが名案……」

と怜は長机にがっくりと両腕をついた。奇天烈《きてれつ》すぎて話についていけない。丸山も驚いたようで、震えが止まってしまっている。

「いや、まずいだろ」

藤島が怜の思いを代弁してくれた。「まがりなりにも博物館なのに、偽物を展示するなんて。

『レプリカ』と明記するってことか？」

「ううん、『縄文時代中期』とか書く」

「なんで……」

怜はますます長机にめりこんだ。

「藤島も怜も、頭が固いな」

竜人があきれたように言い、

「もっと気楽に考えてみてよ。どうせこんな博物館に客なんか来ないって」

と心平はどこまでも朗らかだった。

「世話になってるくせに、どの口で言ってんだ」

めりこんだまま怜はうめく。

「まあそうなんだけどさ」

えへへ、と心平は笑った。「でも、偽物を展示したって、たいした問題は起こらないはずだよ。来るのは窃盗犯ぐらいなんだから」

「な……」

怜は絶句し、

「そうか！　心平は自作の土器を囮《おとり》に使うつもりなんだね」

と、丸山が「ようやく飲みこんだ」という表情で言った。

「そのとおり」

心平は得意そうだ。「土器はこれまで、白昼堂々と展示ケースから盗みだされたっぽいんだ。

田岡さんはバックヤードにいることが多いし、あとはパートのおばちゃんが一人で、掃除やら展示室の見まわりやらを受け持ってるから、なかなか目が行き届かない。気づいたときにはケースの鍵が開いてて、土器がなくなってたってパターンだったらしい」

「でも、心平の土器を展示して、また盗みだされたとして」

と怜は言った。「どうやって犯人を追跡するんだ。貝殻と一緒に発信器でも埋めこむのか?」

「そんなスパイ大作戦みたいなこと、予算ないのにできるわけないっしょ」

心平はぽりぽりと後頭部をかいた。「フリマサイトを地道にチェックして、それらしき土器があったら、『底の写真も見たいんですけど』って、さりげなく持ちかけるしかない。いままでに盗まれたものが売りに出てるかもしれないし、みんなも手伝って」

「いいけど、その調子じゃ犯人は捕まらなそうだな」

藤島は物思わしげだ。怜も同感だった。

「そうかな。俺はやっぱ、いい案だと思うけど」

と竜人が大あくびをしながら言った。「大事なのは、これ以上本物を盗まれないようにすることなんだから」

「俺の傑作がどっか行っちゃうのも、人類にとって損失だと思うけどね」

そう述べる心平の表情から推測するに、冗談を言っているつもりはなさそうだった。「背に腹は替えられないから、自慢の逸品を窃盗犯に差しだす覚悟だ。田岡さんが収蔵記録と照らしあわせて、選りわけた本物はひそかに町役場に運びだしてくれたし、もう大丈夫!」

「それ、大丈夫なのか?」

怜は不安になった。「役場は湿度管理とかしてないし、博物館以上にいろんなひとが出入りするだろ。カビが生えたり、紛失盗難があったりしたら……」

「平気平気。多少カビが生えたとしたってだれも気にしないし、盗むひとなんかいないよ。所詮は土器だもん」

「なに土器をバカにしてんだ！　おまえは土器が好きなのかどうでもいいのか、どっちなんだよ！」

「そもそも、土器に価値があって盗難に遭ってるから、心平が作った偽物を展示することにしたんじゃないの⁉」

「心平と話してると、脳みそがいい塩梅《あんばい》に混乱してくるなあ」

怒号と慨嘆がバックヤードを飛び交《か》った。そんななか、竜人だけは一人悠然と、

「腹へってきたし、ねみいな。そろそろ帰ろっか」

と椅子から立ちあがってのびをした。

風に乗るカモメと、港へ向かう小さな漁船が浮かぶ海を横目に、自転車で海岸通りを戻る。

初日の出では全然ないどころか、日が出るところも直接は見られなかったし、この集まりはいったいなんだったんだろうと怜は思った。心平は楽しそうに海岸通りを爆走している。竜人も、ネズミのおもちゃを追いかけずにはいられない猫の習性でも備えているのか、空腹を訴えていたわりに元気よく心平とデッドヒートを繰り広げる。結局、怜は自分で疑問に答えを出すほかなかった。たぶん心平は、自宅で静かに過ごすのは二日が限界で、辛抱たまらなくなって俺たちを誘い、外に飛びでることにしたのだろう、と。つまるところ、やっぱり心平の「思い立ったが吉

日」論法に、早朝から振りまわされただけということである。

帰りついた商店街は、どの店もシャッターを下ろしたままだった。スマホを確認したら、まだ七時過ぎだ。

竜人は商店街のなかほどで、

「じゃーな、また冬休み明けに学校で」

と盛大に腹を鳴らしながら言った。佐藤《さとう》干物店のシャッターを半分ぐらい開け、さっさと店内に入っていってしまう。率先して餅湯城の丘へ行ったくせに、食欲に負けて別れ際は白出汁《しろだし》のうどんよりもあっさり。まあそういうやつだよなと思ったので、「うん、じゃあな」と怜も返した。

「これ、ありがとう」

丸山が軍手をはずして差しだしつつ、「昨日、どうだった?」

と尋ねてきた。藤島と心平は並んで自転車をゆっくり漕ぎ、すでに駅のほうへとアーケードを進みだしている。事情を知らない二人の耳に届かないよう、丸山はタイミングを見計らってくれたのだろう。怜が受け取ってはめた軍手は、丸山の体温でぬくもっている。

「おふくろには聞けなくて」

と言った怜は、意気地がないと受け取られるのではと思い、「ほら、いまさら改まった話をしようとしても、なんか切りだしにくいっていうか」

とつけ加えた。

「わかる。基本的に親と話すのうざいし」

マルちゃんでもそうなのか、と怜はやや意外だった。丸山は喫茶店の手伝いをよくしているし、その際も両親とのあいだにふつうに会話があるように見受けられた。しかし、「国民の息子選手権」に出場したら確実に上位入賞しそうな丸山ですら、実は親を鬱陶《うっとう》しく感じているらしい。怜は、「やっぱ俺だけじゃないんだ」と安堵し、「けどそうなると、うざさ満載の親ってなんなんだろ。謎の生き物だな」とも思った。

この世界に存在する大勢の「親」のなかでも、寿絵《としえ》は放任主義なほうだろう。それでも怜は寿絵の一挙手一投足にいらいらしてしまうときがあり、なにを言われても「うるせえな」としか返しようがない気分になることしばしばだ。もちろん、実際にそんなことを口に出そうものなら、「はあ!? なにをえらそうに言っちゃってんの」と三十倍ぐらい反撃されるので、ぐっと我慢しているが、束縛されたくない、早く大人になって自分で全部を決めたいといつも思っている。

でも不思議なのは、大多数の大人が、いろんな義務や義理に束縛されているように怜の目には映ることだ。さらには結婚したり子どもを作ったりして、家族から「うざい」と言われながら、まあそれなりに楽しそうに日常を営んでいるようでもある。

怜にとっては本当に理解不能だ。かれらは子どものころ、親の存在や有形無形の束縛が鬱陶しくなかったんだろうか。鬱陶しいと感じていたとしても、大人になるとその事実をなんとなく忘れ、また新たな束縛や家族を求めたくなるものなんだろうか。

俺には無理な気がする、と怜は思う。母親が二人いて、ただでさえややこしいのに、そこへさらに妻や我が子が加わってくるのかと想像するとゾッとしてならない。鬱陶しいと思われる存在に自分がなるのもいやだった。

ミカヅキモとかキノコとか、なんかそんなような生き物に生まれたかったなあ。

かなえようがない不毛な願いを抱いてため息をついた怜は、

「これから桜台のほうに行ってみる」

と丸山に言った。「おふくろには『日の出を見にいく』って書き置きしといたから、言い訳しなくてすんで都合がいいし」

「桜台のお母さんのほうが、話をしやすいの?」

「なんとなく。まあ、誤差の範囲だけど」

怜の返答に、

「ふうん」

と丸山はにこにこした。

「なに?」

「ううん。怜にとって身近なのは商店街のほうなんだなと思って、ちょっとうれしかっただけ」

逆ならまだしも、いまの話を聞いていて、なんでそういう結論になるんだ。と思ったけれど、自分が商店街と寿絵のほうにより思い入れを抱いてしまうことに、怜も気づいていた。丸山に実感を言い当てられ、気恥ずかしく居心地が悪くなった怜は、

「なんだよそれ」

とぶっきらぼうに言うのが精一杯だった。

「お土産　ほづみ」のまえを素通りし、丸山、藤島、心平とは、

「俺、ちょっと寄るとこあるから」

と駅前の広場で別れた。丸山は借りた耳当てを藤島の頭にかぶせながら、

「がんばって」
と怜に向かって、声には出さず口の形だけで言った。怜は手を一振りし、線路を越えて桜台へと自転車を漕ぎだした。

朝早くに連絡も入れず、前日にひきつづき訪ねてきた怜を見ても、伊都子《いとこ》は特に動じるでもなく、

「あら、ご飯食べる?」

と言った。呑気に飯など食べている場合ではない。俺は一刻も早く出生の秘密と、餅湯に現れたあの男について知らねばならないのだ。と思ったものの、ダイニングテーブルに広げられたおせちの残りがあいかわらず豪華でおいしそうだったので、「いただきます」と怜はひとまず席についた。慎一《しんいち》が雑煮《ぞうに》を運んできてくれる。あたりが暗いうちから寒風吹きすさぶなか運動したので、あたたかい雑煮がひとしお腹に染みた。

そうだ、慎一さんをどうすればいいんだ? みょーんとのびた餅を嚙み切りながら、怜は考えた。あの男の話をするなら、慎一をどこかへ隔離しておいたほうがいいだろう。

「慎一さん、今日は庭仕事とかしないんですか」

「えっ、まだ朝だし」

慎一はかじっていたカマボコを遠慮がちに飲み下した。「三が日のあいだはのんびりしようかと思ってたんだけど、庭仕事したほうがいい? ていうか、そりゃあしたほうがいいよね。そういえば俺、居候《いそうろう》なんだもんね」

あたふたと立ちあがろうとするので、怜は大きなダイニングテーブル越しに必死に腕をのばし、慎一のセーターの袖をつかんで引きとめた。

「すみません、しなくていいんです。のんびりしてください」

やりとりを眺めていた伊都子が箸を置いた。

「怜。たまには私たちで庭の手入れをしましょうか」

そういうわけで、二人はサンルームからつっかけサンダルを履いて庭へ出ることになった。芝生は慎一の万全な管理によって整然と刈りこまれており、冬枯れて黄色っぽく色褪せているのもまた風情があった。

怜と伊都子は、声は張らなくても届くが体はまるで触れあわない程度に距離を置き、庭の真ん中あたりにしゃがみこんで、芝生から顔を出した緑の雑草を引っこ抜いた。中天に向けて位置を高くしつつある太陽が、コートを着こんだ二人の背中をあたためる。地面からは乾いた草と肥料の甘いようなにおいがかすかに立ちのぼる。せっかくきれいに塗られている伊都子の爪が傷むのではないかと心配で、怜は軍手を貸すことにした。

「それで?」

軍手をはめた伊都子は、名も知らぬ草をつぎつぎと無慈悲に土から引っぺがす。「なにか話があるんでしょ」

怜はサンルームのガラス越しに室内をうかがった。キッチンで洗い物をしているらしい慎一が、ちらちらとこちらを見ていた。怜と伊都子の会話が気にかかるというよりも、芝生をだいなしにされるのではという心配のほうが大きそうだった。

「俺の父親を商店街で見かけた」

と怜は言った。

「いつ？」

「昨日」

「ふうん。でも、どうして父親だと思ったの。寿絵さんに聞いた？」

「聞いてない。けど、顔も声も俺に似てたから、すぐわかった」

怜は震えを誤魔化すために、草を抜く手に力をこめた。「それに、俺は知らなかったんだけど、年末にもおふくろんとこに来たみたいで、商店街のひとたちが追い払ってくれてた」

「なるほどね。その男、陰気くさかった？」

「うんまあ、陽気そうではなかった」

「じゃ、まちがいない。重吾《じゆうご》だわ」

「十五？」

「岩倉《いわくら》重吾。いえ、いまも光岡《みつおか》姓を名乗ってるかもね。私の元夫で、あなたの父親」

それで商店街の「危機管理グループ」で十五号と呼ばれていたのかとか、「岩倉重吾」って明治の元勲と剣豪が合体したみたいな名前だなとか、「俺いま、さりげなく『あなたも陰気くさいわよ』ってディスられたのか？」とか、どうでもいい想念が怜の脳内に渦巻き、しかし「俺の生みの母親って、おふくろじゃなくお母さんのほうだったんだ」という大波にすべてが薙《な》ぎ倒されて、あとに残ったのは静けさだけだった。

庭の楠《くすのき》のほうから、ピチュピチュと鳥が鳴く声が聞こえる。

「なんだか虚脱してるようだけど、大丈夫？」

「そうかな、そんなことないよ。大丈夫」

衝撃の事実を受け止めきれず、地面に両手をついてしまっていた怜は、なけなしの気力を振り絞って上体を起こした。「俺てっきり、穂積《ほづみ》のおふくろが俺を生んだのかなと思ってたから、ちょっと驚いて……」

「うん、あなたを生んだのは寿絵さんよ」

「えええぇ!?」

怜は再びがっくりと地面に両手をついた。「ごめん、もうなにがなんだかわからない」

「若いのに、ちょっと頭が固いんじゃないかしらねえ」

伊都子がしゃがんだままにじり寄ってきて、軍手をはずし、怜を落ち着かせるように背中をさすった。半日も経たないあいだに二回も「頭が固いひと」認定された怜は、「お母さんと竜人が常識から自由すぎるだけじゃないのか」と内心で反論する。

「結婚しなくたって子どもはできるでしょ」

「そうだけど、いや待って、整理させて。あの男と夫婦だったのは、お母さんなんだろ？　なのになんでお母さんが、あの男がよそで作った子を育てることになったんだよ。俺、赤ん坊のころ、この家にいたんだよね？」

「そのあたりの事情、怜はもう知ってるのかと思ってた」

伊都子はため息をつき、怜の背中をぽんと一度叩いて立ちあがった。「もっと早くに説明してあげればよかったわね。ごめんなさい」

伊都子にうながされ、怜はサンルームに戻った。木製の小さな丸テーブルを挟む形で、二人は椅子に腰を下ろす。ガラス張りの空間は日射しを溜めこみ、暖房を切っていてもあたたかい。紅茶を運んできてくれた慎一は気を利《き》かせたのか、入れ替わるように庭へ出ていった。怜と伊都子が本当に雑草だけを抜いたのか、確認せずにはいられなかったのかもしれない。抜いたままその場に放置していた草を、検分しながらゴミ袋に入れている。庭にしゃがむ慎一のうしろ姿は、黒く巨大なキノコみたいだった。キノコとして生きるのも、いろいろ気苦労が多そうだと怜は思った。

「重吾は私よりひとまわり以上年下で」

と、紅茶を一口飲んだ伊都子が話しだした。「なんか餅湯をふらふらしてたのよ」

「ふらふら」

「流れ者っていうの？　海岸通りにあるイタリア料理店で接客をしてて、私は夏にこの家に滞在してるときに食べにいって、知りあった。で、声をかけて、結婚した」

「ちょっと待ってよ、急すぎるだろ」

怜は持ちあげかけていたカップをソーサーに戻す。「なんで流れ者とそんなにあっさり結婚しちゃったの」

「勢い以外のなにで、流れ者と結婚するの」

と、伊都子は心底不思議そうだった。「腰をすえてじっくり交際してから結婚するような相手だったら、それはもう流れ者とは言えないでしょう」

「そりゃそう、なの、かな……」

勢いにせよじっくりにせよ交際や結婚の経験がない怜は、疑問と不満はあれどおとなしく引き下がるしかなかった。

「重吾はこの家に住むようになって、私はふだんは東京だったから週末ぐらいしか一緒に生活しなかったけど、まあまあうまくいっていた。でも、一年ちょっとして、ものすごく深刻そうな顔で言うのよ。『商店街の子に手ぇつけちゃって、妊娠させた。でも、堕ろすって言ってるし、俺が愛してるのはイトちゃんだけだから』って」

「なんでそんなサイテーなやつと結婚したんだよ！」

いくら交際や結婚の経験がない身といえど、どうしても黙っていられなかった。

「ちょっと陰があって風来坊っぽくて女にだらしない部分のある男が好みだったから」

と、伊都子はあっさり言った。「当時は私も四十ちょっと過ぎで、ばりばり働く以外にほとんどなにもする余裕がなくて、まあ刺激が欲しかったのよね。さすがに懲《こ》りたから、それ以降は好みを軌道修正したけれど」

その結果が、庭のキノコなのか、と怜はやや絶望的な気分になった。慎一は陰こそないが風来坊タイプかつ、女に寄生していると言えなくもない。修正値が微小すぎる。

「私がいないあいだ、浮気しているだろうなとは思っていたんだけど、妊娠までとは予想していなかった。なめられたもんよね。どうして重吾が私に打ち明けたかっていうと、中絶する金をせびるためよ。あいつ、イタリア料理店も辞めて、ふらふらに磨きをかけてたの」

いたたまれない。そんな最低最悪の人間が父親で、不倫がきっかけでできたのが俺なのか。怜は唇を噛んだ。ていうかこれ、本当に俺の誕生まで至る話なのか？　この流れだと中絶ということになりそうで、俺は生まれられそうにないんだけど。

「あの……、浮気相手っていうのが、おふくろ？」

「あたりまえです。餅湯でほかにも妊娠させてたら、私だってあいつを海に沈めることを検討したわよ」

伊都子の指がカップの取っ手をへし折りそうだ。冷静そうに見えて、やっぱいまも怒ってるんだ、と察し、怜は静聴の姿勢を示した。

「私は重吾を許すふりをして、相手がだれなのかを聞きだした。そして、『お土産　ほづみ』に乗りこんでいったの」

修羅場か。怜は膝のうえで拳を握り、覚悟を決める。

「寿絵さんはまだ二十歳かそこらで、一人でお店を切り盛りしてた」

寿絵はたまに思い出したように、自室の箪笥《たんす》のうえに置いてある写真に手を合わせている。寿絵が子どものころに病気で亡くなった母親と、怜が生まれる直前に、事故が原因で亡くなった父親なのだそうだ。元湯《もとゆ》町の旅館へ土産物を補充しにいった帰りに、車にはねられたと聞いている。ほかにつきあいのある親戚もいないようだし、家族の縁に薄いひともいるものなのだと、怜は自身を棚に上げて思ってきた。寿絵にとっては、生まれ育った餅湯商店街の面々自体が、家族と言える存在なのかもしれない。

「彼女、重吾が結婚していることを知らなかったのよ。『ちょっと話をしましょうか』って私が言っても、わけがわからなくてぽかんとしていた」

「おふくろはなんでそんな男と……」

怜は怒りに震えた。元勲だか剣豪だか知らないが、言い訳の余地のないクズだ。怜のなかで思い出も思い入れもない男とはいえ、クズと血がつながっているのかと考えるだけで虫酸《むしず》が走る。つづきを聞くのがこわい、聞きたくないと逃げだしたくなった。

「そこは寿絵さんに聞いてもらわないと、私にはなんとも言えないけれど」

と伊都子は首をひねった。「恋をしていたから、見抜けなかったんじゃない？　若かったし」

とにかく、「お土産　ほづみ」に踏みこんだ伊都子が妻だと名乗ると、寿絵は呆然としたのち、猛然と餅湯温泉饅頭《まんじゆう》の箱を陳列台に積みあげはじめたらしい。取り乱したのだろう。妊娠初期のはずなのに心身に負荷をかけてはと、伊都子のほうが不安になって、なんとか寿絵をなだめ、レジの丸椅子に座らせた。

「『謝ってどうこうなることじゃないですけど、本当に申し訳ありません』って、ずっと頭を下げてるの。既婚者と知らなかったとか、弁解はいっさいしなかった。そのころには私、ちょっと彼女を好きになっていた。『泥棒猫！』って叫んで大暴れしてやろうかしら、なんて算段してたのにおかしいけれど、『いい子だな』としみじみ思ってしまった」

それで伊都子は、「おなかに赤ちゃんがいるんでしょ？　どうするの？」と、なるべくやわらかい口調で聞いたのだそうだ。

「寿絵さんはがばっと顔を上げて、『生みます！』って言った。『すみません、でもあたし、ずっとそのつもりで……。一人で育てますから、生むのは許してください』って。私に許しを請うようなことじゃないのにね」

たぶん寿絵は、重吾と結婚して子どもを生み育てていけるものとばかり思っていたのだろう。

重吾にはそんなつもりはなく、うまく言いくるめて堕胎させようと考えていたようだが。真実を知った寿絵は、それでも即座に腹にいた怜を守ると決断したのだ。いやいやながら自分を生んだのではないらしいとわかって、怜は急いでカップを取り、冷めた紅茶を飲んだ。気をまぎらわせないと、にじんだ涙が頬にこぼれてしまいそうだった。

「『あら、重吾と別れるつもりなの?』って聞いたら、『当然です。あのクソ男……!』って立ちあがって、今度はお饅頭の箱を投げ散らかそうとするから、またなだめるのに苦労したわ」

と、伊都子は笑った。「『生んだらいいじゃない』と私は言った。『でも、一人で育てなくていい。私も一緒よ』って」

「なんで……」

夫の浮気相手の子を育てる妻なんているんだろうか。戦国武将の正室と側室とか、明治の元勲の本妻と愛人とかじゃあるまいし。岩倉重吾、まじで明治の元勲なのか?

混乱する怜を見て、

「寿絵さんもまるっきり同じ表情で、『なんで……』って言ったわねえ」

と、伊都子はなつかしそうな顔をした。「ちょうどよかったのよ。私も子どもを育ててみたかった。でも、仕事ばっかりでチャンスがなかったし、年齢的にもそろそろ自分で生むのは厳しいだろうなと感じていたし」

それだけが理由ではなく、寿絵を見捨ててはおけなかったのだろう。ビジネスライクなようでいて、伊都子が実は情に厚いひとだということを、もちろん怜はよく知っている。

「重吾とはすぐに離婚した。手切れ金をいくらか渡して、『もう二度と餅湯に近づかないで』と言い含めて」

「なのにあいつ、ずうずうしく姿を現してるんだけど」

「どうせ風来坊生活をつづけてたんでしょう。食いつめたのかもね」

伊都子はカップに視線を落とした。空白の時間が紅茶の表面に映しだされてでもいるかのように。

「重吾については、ちょっと調べてみるから安心してちょうだい。もしまた来たら、すぐに連絡して」

「お母さんのところに押しかけてくるってことはないの」

「ずいぶん脅したから、ないと思うけど。来ても平気。慎一もいるし」

怜は庭に視線をやった。慎一は芝生に腰を下ろし、灰色の雲間に覗くお日さまをぼんやりと見上げている。あまり頼りにならなそうだ。

「寿絵さんは、事故でずっと入院していたお父さんが臨月間際に亡くなったり、産後の体調がすぐれなかったりで、赤ちゃんのあなたをとても育てられる状況じゃなかったのよ。だからしばらくはこの家にあなたを引き取って、ミルクをあげたりおしめを替えたり。そのあとは怜も知っているとおり、ふたつの家を行き来してもらうことにした」

生まれたばかりの赤ん坊の世話をするのは、口で言うほど簡単ではないはずだ。商店街には乳幼児をあやしつつ店番をするひともいるから、子育てに縁遠い怜であっても、かなり大変そうだということぐらいはわかる。社長業で多忙な伊都子が、いったいどうやって育児をこなしたのだろうか。

疑問が顔に出ていたようで、

「なんで不安そうに見るのよ」

と伊都子は少々不服げだ。「気心の知れたお手伝いさんもいたし、どうしても予定が立てこんだときは、ちゃんとシッターさんを頼みました。まあ、仕事は少し抑えめにしてたから、思ったよりなんとかなったわね」

「仕事を抑えたの？　お母さんが？」

ワーカホリック気味の伊都子に、まさかそんなことができるとは、と怜は意外の念に打たれた。

「あなた、私をサイボーグかなにかだと思ってるの？　いつもどおりの仕事量をこなしながら赤ちゃんのお世話なんかしたら、忙しすぎて死んじゃうでしょ。かといって、社長が育児そっちのけで仕事してたら、社員が育休取りにくいだろうし。賢明な経営的判断というものです」

「いや、そうだよね。ごめん」

怜はおとなしく謝った。伊都子は子育ての日々を思い出したようで、

「自分でも驚いたんだけど、やってみたらけっこう向いてたのよね、赤ちゃんのお世話」

と笑顔になった。「ミルクのあとにげっぷさせるのもお手のものだったし、子守歌を歌ってあげると、あなたコロッと寝るし。四十過ぎても意外な特技を発見できるものなんだなと、楽しかった。ま、あなたが特別育てやすい子だっただけかもしれないけれど」

「……いやじゃないの？」

と怜は尋ねた。緊張と不安で声がかすれ、咳払いする。

「なにが？」

「俺はサイテー男に似てるんだろ」

「バカね。姿形が似ていたとしても、魂は別物よ」

きらめく石のついた指さきが差しのべられ、怜の肩を軽くつかんで揺さぶったのち、すぐに離れていった。「なんであなたを育てたのか、ってさっき言ってたわね」

「うん」

「かわいいから」

「え？」

「『生まれた』ってほとんど虫の息で寿絵さんが産院から連絡してくれて、深夜に車を走らせて会ったあなたは、赤茶けた猿みたいでとってもとってもかわいかった。寿絵さんと私の、かわいい息子……」

伊都子はふいに言葉を途切れさせ、二人ぶんの茶器を両手に持って、キッチンへ行ってしまった。シンクに水が流れる音がする。カップを二客洗うだけにしては、ずいぶん長いあいだざばざばやっているから、心配で様子を見にいきたかったが、できなかった。

怜の頬が涙でぐしょ濡れだったからだ。

なぜ伊都子が、「家を出たら七人の敵がいる」とは思わないのか、怜にもわかったような気がした。伊都子は心を開いて、寿絵のことも怜のことも受け入れた。常識という狭い「家」を出て、友だちやまだ見ぬひとに出会ったのだ。彼女はそれを幸せだと感じているようだったし、怜も、そういうひとが母親で幸せだと思った。

桜台の広々としたエントランスで靴を履き、振り返った怜は、

「お母さん」

と見送りに立った伊都子に呼びかけた。「また三週目に帰るから」

丸山は、怜が寿絵に話を切りだせないのは、より身近な存在だからだと言った。怜自身も、そうなのだろうと思っていた。自分のなかで、母親は、家は、寿絵であり餅湯商店街の「お土産ほづみ」なのだと。

でも、ちがった。自分がどうして生まれてきたのか、自分を愛してくれているのがだれなのか、真実を知ってようやく、ちがうと知ることができた。

寿絵も、伊都子も、怜にとって等しく母親だ。そう思おうとずっと自分に言い聞かせてきたことが、言い聞かせるまでもなく、今度こそすとんと腑《ふ》に落ちた。

少し目を赤くした伊都子が驚いたようにまばたきし、

「はいはい。いってらっしゃい」

とぶっきらぼうに言って、怜のコートのポケットに軍手を押しこんだ。気恥ずかしいと俺もこの口調になるのって、お母さんに似たんだなと思い、怜は笑った。

伊都子の隣に立っていた慎一は、わかっているのかいないのか、二人を見比べて満足そうにうなずいていた。

「お土産　ほづみ」に帰った怜は、

「おふくろ！　いますぐ男の趣味変えろ！」

と怒鳴った。

「なんであんたみたいなこわっぱに……！」

と怒鳴り返しかけた寿絵は、そこで形勢の不利を悟ったのか、

「あれ？　もしかして、なんか聞いちゃった？」

と、どんどん語尾を弱くしていった。

「桜台のお母さんから聞いた。たぶん全部」

「あらら―」

「ジューゴとかいう俺の父親を近づけないように、商店街には戒厳令が敷かれてる」

「あららら―」

またみんなに迷惑かけちゃった、と言いながらレジから出た寿絵は、冷蔵ケースのドアを開けて、餅湯温泉サイダーの瓶を取りだした。「まあ飲みたまえ」

「いらない」

「じゃああたしが飲む。飲まなきゃやってらんない」

ほとんど一息にあおって瓶をからにし、げふりと盛大にげっぷする。そんな寿絵に、

「よりを戻そうとか思ってないよな」

と怜は疑いの眼差しを注いだ。

「まさかあ。『おととい来やがれ』って、ビシーッと言ってやりましたよ、ビシーッと」

「サイダーで酔ってんの？」

「素面《しらふ》です。あのね、あんたの父親を悪く言いたくないけど、遠まわしに言っても堆肥《たいひ》にもならないクソ以下ですよ、あの男は。あたしは過去は振り返らない」

いまいち信用できないが、

「おふくろがビシーッと言ったのって、年末のこと?」

と話をさきに進めた。

「うん」

「なんの用だったの」

「よくわかんない。『元気そうだね。子どもは?』って、つい一年まえにも会った親戚のおじさんみたいな顔して店に入ってくるから、あたしもカッときちゃって。『うるせー! よくもさげる面《つら》があったな、怜はあんたになんか会わせねー!』って雄叫びあげてるうちに、履物屋のおばちゃんとか佐藤さんとかがわらわら来た」

怜はがっくりと肩を落とす。敵の情報をちっとも集められていないばかりでなく、まんまと情報漏洩してしまっている。それであの男は、俺の名前を知ってたんだなと納得した。

「昨日も駅前にいたよ」

と怜が言うと、

「うそっ」

と寿絵は両手で自分の頬を挟んだ。恐慌を来《きた》しているのか喜んでいるのか、どうも判別をつけにくい。

「それでそれで? あいつ、なんて言ってた?」

「見かけただけだし。お母さんともちょっと相談したんだけど、もしもまたあの男が来たら、すぐに連絡して。学校行ってるときでもいいから。そんで、店なんてほっぽりだして、商店街のひとたちに助けを求める。わかった？」

「わかったけど……」

寿絵は口をとがらせた。「なんか台風か怪獣みたいね」

そうだ、商店街の「危機管理グループ」に、俺もおふくろも加えてもらったほうがいいだろう。

頭の片隅にそうメモした怜は、

「台風でも怪獣でもない、クソ以下なんだろ」

とあえて厳しい態度で言った。「あいつのこと追い払いたいのか、そうじゃないのか、どっち」

「怜は？　あのひとに会ってみたいなって思わない？」

「ちっっっっっっとも」

舌がちぎれそうな勢いで断言したら、

「わかった」

と寿絵は力なくうなずいた。「来たとしても、追い払う」

「そうして。あと俺、大学受けることにしたから」

「え？」

と顔を上げた寿絵は、「そっか、伊都子さんか」とすぐに察した。

「あたしってほんと……」

うなだれて自己嫌悪の沼に沈んでいっているらしい寿絵を見て、怜もちょっとかわいそうになったが、ここで甘やかすと調子に乗って、またうかうかとクソ以下男に引っかかりかねない。引っかかりかねないという、「母親」としての寿絵ではない生身の部分を垣間見てしまって、怜としても対応に困った。見慣れた生き物にファスナーがついていて、なかからぬるりとした地球外生命体が登場したような感じだ。

それで結局、

「あとで店番替わる」

とだけ言って、足音も荒く階段を上がることを選んだ。素っ気なさすぎたかなと、早くも罪悪感に見舞われながら。

「いらっしゃいませー」

と、いつもどおりの接客の声が聞こえてくるまで、怜は冷気が忍び寄る二階の廊下で息を殺し、寿絵の様子をうかがっていた。

七、

春である。

桜は春休みのあいだに咲いて散り、怜《れい》たちは高校三年生になった。

心平《しんぺい》が進級できたことを、餅湯《もちゆ》高校七不思議のひとつに数えるべきではないか、と生徒は校内のそこここで盛んに議論している。実際は、担任の山本喜美香《やまもときみか》先生をはじめとする教師陣の必死の補習と、怜と丸山《まるやま》が「喫茶　ぱらいそ」で行った鬼の勉強会の賜物《たまもの》だ。心平は部活も休んで英単語やら数学の公式やらを叩きこまれたおかげで、赤点に毛が生えた点数でなんとか追試をクリアした。

怜と丸山は心平の母親に大変感謝され、三月中旬のある日、森川《もりかわ》家で夕飯をご馳走になった。心平の家はこぢんまりとした一戸建てで、海へと至る斜面を造成した住宅地にある。リビングの窓からは隣家の屋根越しに海が見え、室内は少々雑然としているものの、その「いかにも生活している感じ」が居心地のいい空間を生みだしていた。

心平の母親は、チーズのかかったハンバーグを振る舞ってくれた。怜と丸山はご飯のおかわりもしてもりもり食べた。同居する心平の母方の祖母は、ポチ袋に入った千円を二人にくれた。孫の窮地を救ったことにいたく感激しているらしい。しまいには博多に単身赴任中の心平の父親までスカイプを通して登場し、怜と丸山に礼を言った。

とにかく下にも置かぬ扱いで、怜も丸山も恐縮したが、当の心平はといえば夕飯を食べ終えてソファに移動し、妹の菜花《なばな》とのんびりテレビなぞ見ている。せっかく叩きこんだはずの英単語や公式がぽろぽろ脳からこぼれ落ちているのは確実だったが、本人はまったく気にしたふうでもなく、バラエティー番組を眺めながら、隣に座る菜花の髪を編みこみにしてやっている。

「これでどう?」

心平はソファの隅に放ってあった手鏡を菜花に渡した。菜花は手鏡と顔の角度をあれこれ調整しながら髪型を確認し、「これがいい」とうなずいた。

「じゃ、明日の朝、兄ちゃんが結ってやっから。風呂入ってきな」

「うん!」

ソファから立った菜花は、テーブルで食後の緑茶を飲んでいた怜と丸山に会釈し、リビングを出ていった。

「いつも心平が菜花ちゃんの髪を結んでんの？」

と怜は尋ねた。

「おう。でもあいつ、最近おしゃれにうるさくてさ。注文多くて大変だよ」

そう言いつつも、心平は妹に頼られてまんざらでもなさそうだ。怜はついでにもうひとつ尋ねることにした。

「さっきから気になってたんだけど、それは？」

ソファの座面に、掌サイズの馬の埴輪《はにわ》が置いてある。食事中もずっと、菜花が大切そうに膝に載せていて、さきほど風呂へ行く際に残していったものだ。

「あ、これ？」

心平はひょいと馬を取りあげ、怜に投げて寄越した。「オーブンで焼く粘土で俺が作って、菜花にあげた。ウマコちゃん」

「蘇我《そが》氏かよ」

怜は慌ててキャッチしたウマコを眺める。本物の埴輪同様、なかは空洞になっているようで、見た目よりも軽い。ちゃんと絵の具で茶色く着色してあり、小さな穴で表現された目がかわいらしく、轡《くつわ》などの装飾も完璧な、精巧なミニチュアだった。丸山も、怜がテーブルに置いたウマコを横合いから覗《のぞ》きこみ、

「本当に心平は器用だね」

と感心したように言う。だが、やりとりを見ていた心平の祖母は、

「それを作っていたせいで赤点になったんだよねえ」

とため息をついた。「心平は得意なことがいろいろあるのに、全部勉強以外なのが不憫《ふびん》というか、おばあちゃんは口惜《くちお》しくてならなくて……」

「まあそうなんだけど、黙っててばあちゃん」

「どうして」

「甘やかされてるバカ坊《ぼん》みたいで恥ずかしいから」

「はいはい」

怜が心平の家を訪れたのはひさしぶりだったが、あいかわらずだなと感じた。小学生のころはよく遊びにきて、おやつやご飯を出してもらうことがあった。当時もいまも、心平の家はにぎやかだし、心平は家族から愛されている。落第すれすれの心平だが、妹からすれば「なんでもできるお兄ちゃん」だし、祖母にとっては「才能にあふれた自慢の孫」だ。そして事実、心平は勉強はいまいちかもしれないが、明るいしマメだし優しいところのある、生命力みなぎる生き物なのだった。

心平がモテないのは、学校に通ってるからかもしれないな、と怜は思った。心平の祖母が言うとおり、学校での評価基準は主に「成績」と「生活態度」になりがちだ。球を蹴り昼飯を食らうことに、学校生活における情熱のほぼすべてを傾けている心平は、「いいやつだけど、バカだよね」と認識されてしまうわけだが、実は自分のやりたいことにひたすら忠実かつ貪欲だとも言え、そういうひとこそいざというときに強いのではないか、という気もする。

俺は、こつこつと学ぶのが苦にならない勤勉さがあって、決まりごとにわりと従順だから、おかげさまで学校では優等生ってことになってると思うけど。と、怜は考える。それってつまりは、

「組織のなかで扱いやすい人間」ってことだよな。小さな土産物屋に組織もなにもあったもんじゃないし、俺も心平を見習って、もっとワイルドに生きたほうがいいんだろうか。

しかし生来の性格というものなのか、怜は宿題を出されれば無視せずこなさずにはいられないし、食欲もたぶん男子高校生の平均値だし、規範から逸脱しようにもどうすればいいのか見当もつかないのだった。ちなみに成績も生活態度も特筆するほど悪くはないのに、怜が心平同様モテないのは、「俺には面白味ってもんがないからだろうな」と自己分析している。翻《ひるがえ》って、心平と同じく睡眠学習に勤《いそ》しみ、自由奔放に振る舞う竜人《りゅうじん》が比較的モテるのは、相手の機微《きび》を読むのがうまく、押し引きのタイミングが絶妙だからだろうとにらんでいる。

だれかに好かれるのはむずかしい。特別に好かれたい相手もいないのだけれど。マルちゃんはどうなんだろう、と隣をうかがうと、丸山はまだウマコを眺めていた。その眼差しがなんだか翳《かげ》りを帯びているようで、怜は少し気になった。

風呂から上がった菜花も含め、心平一家に見送られて、怜と丸山は帰路についた。心平が向けてきたスマホ画面には、スカイプでつながった心平の父親が映しだされ、やはり二人を見送っていた。

心平一家に手を振り、住宅街の角を曲がったところで、

「なんか遺影みたい……」

と言いかけた怜は、

「しっ」

と丸山にたしなめられた。「俺もちょっとそう思っちゃったけど」

怜は丸山と顔を見あわせ、声を押し殺して笑いあった。桜のつぼみはまだ固く小さかったが、枝自体がほんのり薄ピンクに発光しているように見える、そんな春の晩だった。

それからあっというまに花が咲いて散って、怜は三年C組になった。ざっくりとした振りわけではあるが、C組は大学進学を志望するものが多いクラスだ。丸山と藤島《ふじしま》も同じくC組だし、担任は二年のときと変わらず関口太郎《せきぐちたろう》先生ということで、怜としてはなんとなく心強かった。

二年生の冬休み明けに、怜が大学進学を目指すと伝えると、関口先生はとても喜んでくれた。大学に合格したとして、なにを勉強すればいいのかはまだはっきりしなかったが、怜はとりあえず経済学部を選んでみようかと思っている。それがはたして土産物屋の経営に活かせるのか疑問だけれど、経済の仕組みを詳しく知りたいものだと常々感じていたからだ。もち湯ちゃんストラップが思わぬ層で人気を博したり、饅頭《まんじゅう》がいつも在庫過多傾向にあったりと、仕入れはひとの心の動きや流行が絡んでむずかしい。理論を知って、現実で試行錯誤する際の手がかりにするのも悪くなさそうだ。

まあべつに、土産物屋を継ごうと決めたわけじゃないけど。怜は急いで自分に言い訳する。ただ、店の経営に奮闘する寿絵《としえ》の姿が、志望学部の選定に影響を及ぼしたのは事実だ。会社に就職するとか、ほかの仕事をしながらでも、「お土産　ほづみ」の経営に助言できるかもしれないと思うと、目標ができた気がして勉強にも身が入るのだった。当の寿絵はといえば、怜がアドバイスするなどと言ったら鼻で嗤《わら》うにちがいなく、日々、売れ残りの饅頭をかじりながらマイペースに店番をしている。レジ横の壁には、怜が学校帰りに餅湯神社でもらってきた新たな「商売繁盛」のお札《ふだ》が貼られている。

正月以来、重吾《じゆうご》は姿を見せていない。メッセージアプリの「危機管理グループ」も最近は稼働することなく、商店街の面々も拍子抜けしたのか退屈そうだ。怜は父親だという男のことをなるべく頭のなかから追い払うようにしているし、寿絵とのあいだで話題に上ることもなかった。そもそも心平一家とちがって、怜と寿絵は団欒《だんらん》の機会が朝食の席ぐらいしかなく、その内実はといえば、「どうして唐揚げ食っちゃったんだよ、弁当用なのに!」「ゆうべ小腹がすいて、ついチンを……」「そんなだから腰に負担がかかる体形になるんじゃないの」「うるさいなあ! ウインナーをチンしてあげるから、それ詰めてさっさと学校行きなさいよ!」といったもので、ちっとも心あたたまらない団欒であり、発展性のない会話のオンパレードなのだった。

そんなわけで、怜は桜台の家と行き来しつつ、これまでどおり暮らしている。変化といえば、店番のときもレジで参考書を開くようになったことぐらいだ。こうも客が来ないと不安になるなと思いながらも、受験勉強ははかどるのでありがたい。同じく経済学部を志望する藤島が、塾に行っていない怜を気づかい、あれこれ参考書情報をもたらしてくれるのも助かっていた。丸山も絵画教室に通う回数を増やしたようで、C組はゆるゆると受験シフトに突入しつつある。

竜人は三年A組、心平は三年B組になった。いずれも、就職や専門学校への進学を希望する生徒の多いクラスだ。B組の担任も二年にひきつづき山本先生で、またも心平を受け持つことになった山本先生は、心労のためか少々しぼんだのではないかと生徒たちから案じられている。もちろん心平は責任を感じることなく、無事に進級できた喜びをサッカー部で思いきり球にぶつけていた。

竜人はといえば、C組の愛美《まなみ》と同じクラスになれなかったので、「俺たちの仲を引き裂こうっていう、先生たちの陰謀じゃねえの」と疑心暗鬼になっているらしい。

「愛美は大学受験するんだから、そりゃクラスわかれて当然でしょ」

とは、愛美の友人であり、運悪く竜人と同じA組になってしまった新田朋香《にったともか》の談だ。「生き別れになった勢いで嘆いてて、まじうざい」

実際には、一日ぐらいは生き別れたほうがいいのではないかと思われるほどラブバカップルぶりは昂進《こうしん》しており、竜人と愛美のあいだでメッセージアプリはぽこんぽこん鳴りっぱなし、校内でもしょっちゅう手をつないだり、そろって空き教室に姿をくらませたりしている。だから竜人の陰謀論は完全なる被害妄想なのだが、そんな心境になるのもいたしかたないところではある、と怜は少々同情してもいる。

というのも竜人の父親は、竜人と愛美の交際をあいかわらず快く思っておらず、それどころかますます態度を硬化させているのだ。佐藤《さとう》干物店の父子がほとんど口もきいていないことは、いまや商店街じゅうに知れわたっている。竜人がいらつき、『ロミオとジュリエット』気分に陥《おちい》るのも、まあわからなくもない。

このたびの親子喧嘩《げんか》の原因はバレンタインだ。竜人は愛美にもらった手づくりチョコを大切に冷蔵庫に保管していたのだが、仕事が終わって糖分を欲していた竜人父が、迂闊《うかつ》にもそれを食べてしまった。そこまではよくある話かもしれないけれど、愛美のチョコはとんでもなく硬く、竜人父の前歯が欠けた。

たった一日か二日、冷蔵庫に保管しただけで巌《いわお》のごとく硬化するチョコって、いったいなんな

んだ。怜は首をかしげざるを得ないのだが、とにかく竜人父は、

「これ、おまえの彼女が作ったもんなのか⁉　チョコというより、もはや武器じゃねえか！」

と激怒。むろん竜人も、

「なに勝手に食ってんだよ親父！」

と応戦し、以来父子は一触即発の状態で、店頭に並ぶ干物は恐怖でいよいよ水気を失っているともっぱらの噂《うわさ》だ。「お土産　ほづみ」に顔を出した竜人の母親が、「親子そろってバカでやんなっちゃう」と寿絵に愚痴をこぼしていたので、怜も詳しい事情を知った次第である。チョコの硬化が態度の硬化を呼び起こした悲劇と言えよう。

もちろん愛美は責任を感じることなく、昼休みや放課後に竜人と思うぞんぶんいちゃいちゃしている。これ以上佐藤干物店の雰囲気が悪くなると、干物が縮こまってキーホルダーサイズになってしまうかもしれない。思い余った怜は、

「竜人の親父さん、チョコで歯が欠けたらしい」

と愛美にこっそり注進したのだが、

「えー、まじで。そんな硬かったかなあ」

と笑い飛ばされた。竜人父が言うとおり、愛美は元湯《もとゆ》から餅湯に送りこまれた刺客、最終兵器なのでは、と一瞬疑ったほど邪気のない笑顔だった。しかしつぎの瞬間、愛美はため息をつき、

「謝りたいけど、『あんな親父に挨拶なんてする必要ない』って、竜人が会わせてくんないんだよね」

と小さな声で言った。怜は余計なことを言ってしまったと反省し、

「歯が弱い反面、わけわかんない頑固さがある親父さんだから。ごめん、気にしないで」

と、慌ててフォローにもならぬフォローをしておいた。

それ以外はおおむね、のどかな春だ。校舎の屋上で昼ご飯を食べる習慣も復活した。日射しのぬくもりに誘われ巣穴から這《は》いでる熊のように、怜たちはそれぞれの教室から屋上へと集結し、車座になって弁当やら購買のパンやらを広げる。再びあたたかい季節がめぐってきて、怜の遺跡弁当もほどよい解凍具合に近づきつつある。淡く霞《かすみ》のかかった空気の向こう、餅湯の海がプラチナみたいに光っている。

一同満腹になり、丸山が水筒に入れて持参した食後のコーヒーを飲む。怜も最近はブラックのおいしさがわかるようになってきた。日の光を受けた屋上のコンクリートはいい塩梅《あんばい》にあたたまっており、尻がぬくたくて眠気を誘われる。心平は寝そべって、本格的に昼寝をしているようだ。丸山と藤島は、心平が散らかしたパンの袋や牛乳の紙パックをレジ袋に入れてやっていた。竜人のスマホがぽこんぽこんとメッセージの着信音を奏でる。

「そういえば、ちょっと気になるものを見つけたんだ」

と藤島が言った。フェンスにもたれてうとうとしていた怜が目を開けると、藤島は制服のズボンのポケットからスマホを取りだし、なにやら操作したのちに車座の中央に差しだした。いまだ睡眠中の心平を除き、一同は身を乗りだして画面を眺める。そこに映しだされている画像を見て、

「縄文式土器だ」

と丸山がいっそう顔を寄せた。

「うん。フリマサイトに昨夜アップされたものだ」

「おまえ、まだちゃんとチェックしてたのか」

と、竜人が感心とあきれが相半ばしたような口調で言った。「俺は土器のことなんかすっかり忘れてたぞ」

なぜいばる、と怜は思ったが、竜人のことをどうこう言えない。正月に博物館へ行ったときには、心平の土器づくりの腕前に舌を巻き、なおかつ土器泥棒への対応策のずさんさに首をひねったものだが、時間が経つにつれインパクトが薄まり、盗品が売買されていないかサイトを確認するのを、このごろはすっかりさぼっていた。

スマホに表示された土器は、波のようにうねる縁《ふち》飾りのついた、いかにも縄文式土器といったものだった。説明書きには、「状態良好、欠けなどのない逸品です」と記され、価格は「送料無料　八万円」となっている。藤島は、いろいろな角度から土器を撮った写真のうちの一枚をタップし、拡大する。

「出品者は土器の底面の画像もアップしてるんだが、どう思う？」

藤島にうながされ、怜たちは目をすがめて画像を注視した。解像度が低く、拡大すればするほど、全体的にモザイクがかかって猥褻物《わいせつぶつ》みたいな画像になってしまうが、土器の底にぽつりと白っぽいものが埋めこまれているような気がしなくもない。

「これは……！」

と思わず怜は顔を上げ、

「藤島、なんでそんな落ち着いてんだよ！　通報案件だろ！」

と竜人は叫んだ。

「心平、起きて、起きて！」

丸山が泡を食って、寝そべっていた心平の腹を揉《も》みしだく。

「んあ？　なんだよジミー」

心平は身を起こし、「腹筋自慢する時間？」と寝ぼけて言った。

「しねえよ、見ろ！」

竜人が藤島からスマホをひったくり、心平の眼前に突きつける。「どうだ、おまえが作った土器か？」

心平は目をこすってしげしげと画面を眺めたのち、

「エッチな画像にしか見えない」

と言った。怜も同感ではあったが、肩を落とさずにはいられなかった。心平は肝心なときに役に立たない。だが、藤島にぬかりはなかった。

「そうだろうと思って、『もう少し解像度の高い画像をアップしていただければ幸いです。購入を前向きに検討したいのですが、縁の飾りや底面に欠けや穴がないか確認してからにしたいので』と出品者にコメントを送っておいた」

「さすが若旦那！」

「なんならほんとに買い取って、ぜひ藤島旅館のロビーに飾ってくれ」

一同は口々に称賛した。

「画像がアップされたら、すぐ心平に連絡するから、学芸員さんに伝えて」

と言った藤島は、竜人から返してもらったスマホを片手に、気づかわしげに腕組みした。「でも、警察に通報するにしても、もともと博物館にあったものだと証明する手段ってあるのかな。『ほら、ここに俺が埋めこんだ貝殻が』と主張するだけじゃ、弱いというか、余計混乱を招くだろ」

「それは大丈夫」

心平は自信満々で請けあう。「本物にまぎれて収蔵されてたものだから、博物館でちゃんと写真を撮ったりサイズ測ったりしてあった。いま、囮《おとり》として博物館に展示してる俺の土器も、また盗まれたときに備えて、全部ばっちり写真撮りなおしたし」

「そこも気になるんだけど」

と、怜は口を挟んだ。「今回アップされた土器が本当に心平作で、去年餅湯博物館から盗まれたものだとしても、それはまあ問題ないと思うんだ。博物館がわに悪意があったわけじゃなく、うっかり取りちがえて、偽物を展示しちゃってたってことだから。けど、今後もしまた盗まれたら、学芸員の田岡《たおか》さんだっけ？　そのひとの責任が追及されないかな。偽物とわかっていながら本物として展示し、しかもそれが囮のためだったなんてばれたら……」

「それも大丈夫」

と、心平は胸を張った。「正月にみんなで博物館に行ったあと、田岡さんと改めて相談したんだけど、もしまた土器が盗まれたら、警察に電話するまえに、説明書きのプレートにちっちゃく『レプリカ』のシール貼ればいいんじゃね、ってことになった」

「おまえらのほうが悪党じゃねえか！」

「レプリカをレプリカと知らずに見学するお客さんの気持ちを考えろ！」

一同は口々に罵倒したが、

「きれいごと言ってる場合じゃない、貴重な文化財を守るためだ！」

と心平にキレ返され、それもそうか、と納得のムードが屋上に漂いかけた。

「餅湯博物館収蔵の土器、貴重な文化財よりも心平が作ったもののほうが多そうだよね」

これまで黙っていた丸山が辛辣《しんらつ》な指摘をする。

「まあそうなんだけど、とにかく大丈夫！」

心平は力強く親指を立ててみせた。「作戦実行にあたって田岡さんがカウントしたら、新年からの三カ月で、一日の平均入館者数四人だったから。しかも土器コーナーで十秒以上足をとめたひと、田岡さんと掃除のおばちゃんが気づいたかぎりでは皆無。ね、大丈夫でしょ？　土器なんかだれも見てない！」

「だから土器をバカにすんなって！」

「全然大丈夫じゃねえよ、博物館の運営、まじ大丈夫なのかよ！」

怒号の嵐が吹き荒れた。そこへ藤島が冷静な声で、

「あ、画像がアップされなおした」

と告げたものだから、一同の興奮はいや増した。

「どれどれ!?」

「ていうか藤島、なんでそんな落ち着いてんの」

小さなスマホ画面をいっせいに覗きこんだせいで、あちこちでおでこの衝突事故が起こった。

それでもめげずに、出品者が新たにアップした土器の底面を凝視する。

「ねえ、見ろよこれ」

「ビンゴだ……！」

土器の底には、幼い日に心平が餅湯海岸で拾った貝殻がたしかに埋めこまれていた。

「田岡さんに電話する！」

自身のスマホを手に立ちあがりかけた心平を、竜人がズボンの裾をつかんで引きとめた。

「待て待て待て、ちょっと考えたんだけどさ」

「聞きたくない」

と怜は言った。竜人が悪い笑みを浮かべていたからだ。いやな予感がする。竜人はもちろんおかまいなしにつづけた。

「警察に通報しても、すぐに捕まるとはかぎらないだろ。俺たちは俺たちで、同時に動こう」

「というと？」

と、丸山がおっとりと首をかしげる。

「博物館にせっかく囮の土器を展示してあるんだ。犯人をおびき寄せて、俺たちで捕まえよう。そのまえに警察が動いてくれりゃ、それはそれでいいわけだし」

「なるほど」

心平が再びコンクリートの床面に腰を下ろした。「でも、どうやって？」

「いま展示されてる、心平が作った土器はどんな模様や装飾のものなんだ？」

と藤島が尋ねた。

「おい！」

まさか常識派の藤島が竜人の提案に乗るとは思っておらず、怜は驚いて制止した。「犯罪行為を誘発するような真似すんのか」

「狙われてるのは、たぶん餅湯だけじゃない。いろんな博物館から土器を盗んで、売っ払ってるんだろう。そんな卑劣なやつ、お縄にかけないとな」

藤島はそう言い、スマホになにやら文字を入力しはじめた。「心平、どんな土器だ」

「波みたいな飾りがついたのがメインだけど、特徴的でわかりやすいのは、縁にウリ坊の飾りがついた土器のほうかな。盗まれた土器と一緒に展示してたこともあったはずだよ」

「猪《いのしし》か……。あまり特定しすぎても、犯人に警戒されるかもな。動物の飾りがついた土器って、よくあるものなのか？」

「うん。ヘビみたいな飾りはけっこう多いんじゃね」

「よし」

藤島はうなずき、しばし無言で指を動かしたのち、コメント欄に打ちこんだ文面を読みあげた。

「『さっそく写真をアップしてくださり、ありがとうございます。とてもいい状態だと思ったのですが、残念ながら今回は遠慮させていただきます。しかし小生、もし猪やヘビの飾りがついている土器で、今回と同様の美品がありましたら、ぜひとも購入したく思っております。今後ともどうぞよろしくお願いいたします』。どうだ？」

「とても高校生が書いたとは思えない」

「絶妙におっさんくさい」

「犯人のやつ、まんまと盗みに入るんじゃないか」

「『鉢形土器』ってしたほうが、それっぽいかも」

と、一同は感想を述べた。心平の指摘を受け、

「『猪やヘビの飾りがついている鉢形土器で』と……」

と書きなおした藤島は、「じゃ、コメント送信っと」と画面をタップする。

なんだかとんでもないことをしてしまってるんじゃないか。怖いような、期待で高揚するような、妙な心地になって怜は心臓のあたりをさすった。ほかのメンツの様子をうかがってみるも、一番びくつきそうな印象のある丸山は案外平然としていた。心平はサイトの該当ページのURLを藤島に転送してもらい、それを博物館のメールアドレスに送った。ついで田岡に電話をかけ、盗品発見を伝えるとともに、開館時間中の警戒を強めるように念押ししている。

「さて、昼間は田岡さんと掃除のおばちゃんにがんばってもらうとして、これからしばらく、夜は交代で博物館で張り込みだ」

と竜人は言った。「二人一組がいいかな。まずは俺が行くけど、もう一人は……」

「はいはいはーい！」

まだ通話の最中だというのに、心平が元気よく手を挙げた。

俺の友だち、ものを深く考えるやつが一人もいない。怜はもう諦《あきら》め、再びフェンスにもたれて目を閉じた。なるようになる、と思うほかなかった。

ところが結局、心平は張り込みからはずれることになった。屋上で悪だくみをしたその日の午後、右手の中指と人差し指を骨折したからだ。

なぜ骨折したかというと、放課後、部活に励んでいた心平は、校庭をランニングしていた際にふといたずら心を起こし、野球部の守備練習でライトに立っていた竜人に背後から忍び寄った。そして渾身の力で「カンチョー!」をかましたところ、指が折れたのである。

脱力の骨折理由としか言いようがなく、

「てなわけで今夜、博物館に行こう」

と竜人から電話で誘われた怜は、

「断る」

と、それこそカンチョーの勢いで画面をタップして通話を切り、「お土産　ほづみ」の二階で夕飯づくりを続行した。ちなみに保健の先生の車で病院に運ばれていく心平が、博物館通用口の鍵を託しながら竜人に言い残した言葉は、「おまえのケツは硬すぎる」だったらしい。

骨折の痛みに悶絶《もんぜつ》しているだろう心平には気の毒だが、怜は一人で夕飯を食べながら、「カンチョーで指折るって」と何度も噴きだしてしまった。いまどき小学生でもやらないだろう。底抜けのバカは周囲を明るくしてくれるなと、感に堪えなかった。

寿絵と交代し、店じまいをしていたら、洗面器に石鹼《せっけん》やらタオルやらを入れた丸山がやってきた。

「おう、マルちゃん。心平のこと聞いた?」

「聞いた」

丸山はなぜか浮かない表情でうなずいた。「竜人に博物館へ誘われたけど、断ったよ」

「俺も。ほっときゃいいんだ、あいつらのことは」

「うん……」

「どした？　なんかあった？」

「ううん……」

力なく首を振った丸山は、気を取りなおしたようにあえて明るく、「怜も風呂行かない？」と持ちかけてきた。怜はすでに夕飯まえ、家の風呂に入っていたが、もちろん、

「いいね。ちょっと待ってて」

と答えた。急いで二階に上がり、風呂の道具をそろえて、また階段を駆け下りる。

丸山は洗面器を抱え、店のまえでうつむきかげんに立っていた。怜はシャッターを半分だけ下ろし、丸山と連れだって、商店街のなかほどへと歩きだした。

「餅の湯」は、五、六人も入ればみちみちの浴槽しかない、古くてこぢんまりした公衆浴場だ。商店街の住民が当番制で清掃や管理をすることで、ほそぼそとつづいてきた。地元住民は木札を見せれば一回百円で入れるし、観光客も三百円を払えば利用できる。

源泉かけ流しで泉質がいいので、「この湯に浸《つ》からないと一日が終わらない」と言う近所の高齢者は多かった。長年「餅の湯」を利用してきたおばあさんたちは、たしかに年齢のわりに肌がつやつやしている。そんな彼女たちが、商店街で店番をするついでに「餅の湯」の効能を観光客に吹聴《ふいちょう》するのだから、説得力がある。最近では、旅館やホテルをチェックアウトしたあと、帰りがけに「餅の湯」へ立ち寄る観光客もちらほらいた。タイル貼りの浴槽や、旧式の蛇口がついた狭い洗い場、二階にある畳敷きの休憩所と檜《ひのき》の格天井《ごうてんじょう》など、レトロなつくりが「かわいい」と人気なのだそうだ。

とはいえ、怜と丸山が「餅の湯」を訪れたときには、あと三十分ほどで営業時間が終わる頃合いだったからか、男湯にほかに客はいなかった。出入り口の引き戸を開けてすぐ右手にある、二畳ほどの事務スペースで暇そうにテレビを見ていた金物屋のおじさんに代金を渡し、下駄箱に靴を収める。

手早く髪と体を洗い、二人そろって湯船に浸かると、自然と「ふぃー」と声が出た。ここの湯は無色透明だが、ほのかに海の香りがし、舐《な》めると少ししょっぱい。

「『餅の湯』に来た夜って、布団に入るとなんか足がむずむずするときがある」

と、怜は洗い場に立ちこめる湯気を見ながら言った。

「俺もある。血行がよくなるからかな」

「見た目はふつうのお湯と変わらないのに、温泉って不思議だね」

会話が途切れ、怜は隣にいる丸山をさりげなくうかがった。丸山は電灯を映して揺れる湯面を眺めている。ふくふくとした耳たぶが熱気のせいで少し赤くなっている。

「俺さ、自分がいやになったよ」

しばしの沈黙ののち、丸山が静かに話しだした。

「どうして」

「心平が美大受けることにしたの、知ってる?」

「いや、初耳」

怜はびっくりし、湯のなかで丸山のほうに体を向けた。「いまからやってまにあうもんなの? デッサンとか大変なんだろ」

「山本先生も驚いたみたいで、俺や美術の林《はやし》先生にいろいろ聞いてきたよ」

山本先生の慌てぶりを思い出したのか、丸山はちょっと笑った。「俺が通ってる丘の麓《ふもと》の絵画教室を紹介してあげた。心平は部活があるから土日しか来られないし、まだ初級者コースだけど、デッサンはどんどんうまくなってる」

「学科だってあるのに、あいつなに考えてんだ」

「そっちはまた俺たちが特訓してあげればいいんじゃない」

丸山はあくまでも鷹揚《おうよう》である。「怜もこのあいだ、心平が粘土で作った馬の埴輪を見たでしょ。才能ってこういうことなのかもなあって、俺はつくづく思った」

「もしかして心平、土器づくりが楽しかったことを思い出して、美大を受けるなんて言いだしたの？」

「詳しくは聞いてないけど、そうなんじゃないかな。絵画よりは陶芸とか彫刻とか、立体物に興味があるみたいだったし」

お湯から出した手で顔をぬぐった丸山は、ついでに表面張力を楽しむように、掌で二度ほど湯を叩いた。その行為に、丸山にしてはめずらしいいらだちを感じて、

「だけどどうして、マルちゃんが自分をいやになるんだよ」

と、怜はおずおずと尋ねた。

「心平が指を骨折したって聞いたとき」

丸山は低くかすれた声で言った。「俺はまっさきに、『じゃあしばらくデッサンの練習できないな』と思った。そのまま美大受験に飽きてくれればもっといいのにって喜んだ」

怜は咄嗟《とっさ》に言葉が出なかった。そうか、マルちゃんは心平に嫉妬して、でもそんな自分がたまらなくいやなんだ。

二月にあった文化祭で、丸山が出品した絵が思い浮かんだ。ずっと取り組んでいたその油絵は、餅湯城と青い海が描かれているはずだったが、怜がしばらく部活をさぼっているあいだに、夜の海と丘のてっぺんに白く浮かびあがる不吉な廃墟に変じていた。キャンバスのうえで、闇からにじむ暗紫の波濤《はとう》が逆巻く。マルちゃん、新境地だな、と怜は呑気《のんき》に思ったものだが、あれは自身に対する不安やあせりを感じた丸山の、荒々しい心象風景だったのかもしれない。

怜はといえば画用紙に適当に絵の具を塗りたくり、抽象画だと言い張ってお茶を濁《にご》した。

「マルちゃんはずっと真剣に絵を描いて、美大を目指してきたんだから、ちらっとそんなふうに思っちゃうのも当然なんじゃないの」

「でも、骨折だよ？　大怪我だ。なのに一瞬でも喜ぶなんて、ほんとサイテーだ」

「いや、カンチョーが原因の骨折だし……」

なんとか丸山の気持ちを楽にしたくて、怜は必死になだめようとしたが、

「いいんだ、怜」

と丸山は立ちあがり、浴槽から出ていく。「とにかく自分のサイテーぶりをだれかに聞いてほしかっただけで……」

そこまで言って、丸山は洗い場にしゃがみこんでしまった。

「マルちゃん!?」

どうやら湯あたりを起こしたらしい。怜は慌てて洗い場に飛びだし、シャワーなどという洒落《しゃれ》

たものは「餅の湯」にはないので、蛇口から洗面器に冷水を汲《く》んで丸山の頭からかけた。

「マルちゃん、しっかりしろ！　おじさーん、ちょっと来てくださーい！」

金物屋のおじさんと協力し、丸山を脱衣所にかつぎだした。おじさんが持ってきてくれた貸し出し用のバスタオルで丸山をくるみ、板張りの床に横たわらせる。おじさんと二人がかりで団扇《うちわ》で扇いでいたら、ややあって丸山が意識を取り戻した。

「マルちゃん、大丈夫か」

「うん、ごめん。なんかクラッとした」

「よかったよかった。長風呂もほどほどにしないとな」

と、おじさんは餅湯温泉サイダーを怜と丸山におごってくれた。「ちょっと休んでから帰りなさい」

おじさんは表の電気を消し、浴槽の湯を抜いて掃除をはじめる。怜は持参したタオルを腰に巻いた格好のまま、丸山のかたわらにしゃがみこんだ。丸山も身を起こし、二人は脱衣所で冷えたサイダーを少しずつ飲んだ。

「またあの感じがする」

と丸山が唐突につぶやいた。「なんだか死んじゃったあとみたいな」

「えーと、具合悪い？」

気分だけでなく頭の具合も悪くなったのかと、怜は怖々と尋ねたのだが、

「大丈夫。かえってさっぱりした気持ちだよ」

と丸山は言った。「そういうとき、たまに不思議な感覚になる。俺はもうとっくに死んでて、

いま怜と話しながらサイダー飲んでるのも、生前のことをあの世で思い返してるだけじゃないかって気がしてくる」

「へええ」

「怜はそういうことない？」

「ない、かなあ……」

やっぱりマルちゃんは繊細だ、と怜は感心した。駅前広場で重吾と遭遇したとき、まわりのすべてが遠のき、冷たく静かな死後の世界に入りこんでしまった感じはした。でも、丸山が言っているのは、たぶんそれとはちがうだろう。もっと親密で、満たされてあたたかな感覚。マルちゃんが感じる疑似死後に俺も存在してるんだなと思ったら、怜の指さきは不可思議な充足感でぬくもった。あるいは、単純に温泉の効果かもしれない。

黄色い光を投げかける電球が、じじ、じじ、と天井で鳴っている。餅湯にはＬＥＤではない照明がたくさんある。

「俺はマルちゃんのこと、サイテーなやつなんて思わない」

気恥ずかしかったが、怜は思いきって言った。「むしろ、いいやつだと思ってる。いままでも、美大の話を聞いたあとも」

怜とてだれかに嫉妬するほど経済学部を志してみたいものだが、到底無理だ。絵を描くことに対する丸山の情熱、秘められたうねりは、怜にはまばゆく感じられた。そんな情熱を抱えながらも、心平の降って湧いたような美大受験話に対して親身に相談に乗ってやり、才能を認め、自身の物思いを醜いと嫌悪する丸山の優しさ、誠実さを、好ましく受け止めこそすれ、いやだなどと思うはずもない。

丸山はサイダーを飲み干し、

「そうかな……。さんきゅ」

と照れくさそうに言って、小さくげっぷをした。


骨折の原因が餅湯高校じゅうに知れわたり、心平の株はまた下がったが、本人は元気に部活動に参加している。

「手ぇ使わないですむから、サッカー部でよかったわ」

とのことだ。

「早く治して、菜花ちゃんの髪を結ってあげなよ」

昼休みに屋上でたむろしているとき、丸山は心平をそういたわった。心からの励ましのようだったので、怜は安堵した。

しかしさすがに心平は母親に、「おとなしくしてなさい」と叱られたそうで、夜に家を抜けだして博物館へ行くのは無理らしい。「網走監獄なみに母ちゃんの監視の目が厳しい」と証言した。

藤島は旅館の手伝いが忙しいし、怜と丸山はのらりくらりと誘いをかわしているしで、

「ボーッとしてるあいだにウリ坊の土器が盗まれたらどうすんだ」

と竜人は不満そうだ。

「田岡さん、待ちきれなくてプレートに『レプリカ』のシール貼ったって言ってた」

心平が朗らかに報告する。

「まじか。犯人が下見に来て、『なーんだ、レプリカか』って犯行を断念するんじゃないか？」

作戦の根底が崩れるのではと怜は気を揉んだが、

「それはないはずだ」

と藤島が言った。「犯人にとって、土器が本物かどうかは重要じゃない。売れればいいんだ。博物館で『レプリカ』と書いてあっても、需要があるとなったらかまわずに盗む。もし、犯人が真贋《しんがん》を見抜く目を持っていたとしたら、なおさらだ。なにしろ、猪の土器を探してる客は、貝殻の埋まった土器の写真を見ても、偽物と気づかなかった。チョロい、と俺なら判断するな」

「なるほど、たしかにそうだ」

藤島は案外悪事に向いてるんじゃないか、と怜は感心するやら震えるやらだ。「心平、警察は動いてくれてるのか」

「うん。田岡さんが通報した。サイトと博物館の収蔵品の資料を刑事さんに見せて、盗品だって説明したら、捜査してくれることになったんだって」

「猪のコメントが俺だってばれたら、まずいかなあ」

藤島がうららかな春の空を見上げる。

「餅湯警察署のすることだし、そこまでは調べないいんじゃね」

と竜人は呑気に言った。「いざとなったら、『旅館のロビーに飾る土器を探してたんです。えっ、この出品者がアップしてる土器、餅湯博物館から盗まれたものなんですか？　知らなかった、偶然だなあ』で押し通せよ」

そんな偶然が押し通るものか、と怜は思ったが、瞬時にここまで言い逃れを思いつけるとは、竜人も悪事に向いているようだ。悪人だらけだ、と世を儚《はかな》まずにはいられなかった。

「これまでの犯行は日中だったから、いまは田岡さんかおばちゃんがさりげなく入館者を観察して、あやしい動きをしてるひとがいたら、すぐ通報しようって張りきってる」

と心平が言った。「俺も指さえ折れてなきゃなあ。竜人のケツのせいで、ひどい目に遭った」

「野球で鍛えたケツの威力！　もうカンチョーなんてバカなことすんなよ」

竜人は自慢げに大笑し、

「早く犯人が捕まるといいね」

と丸山は穏やかに述べた。

その晩、店じまいをした怜が自室の勉強机に向かっていると、コツ、コツ、と窓に小石の当たる音がした。開けてみたら、アーケードの通りに竜人が立っている。かたわらに自転車があるのを見て、怜はピンと来た。

「俺は行かないぞ」

「なんで。来いって」

竜人は笑顔で手招いた。「犯人が盗みにくるとしたら、絶対に今夜だ」

「どうしてそう思うんだよ」

あたりを憚《はばか》り、怜は抑えた声で問う。

「明日は休館日だから。そのぶん、犯行の発覚が遅くなると犯人なら思うだろ」

おまえが犯人なんじゃないのか。怜はめまいがした。なんなんだ、その悪知恵の働かせぶりは。

竜人がにこにこしながら粘り強く待っているので、怜は諦めた。昔からどうもこの幼なじみには弱い。太陽みたいな引力があって、たまに突拍子《とっぴょうし》もないことをしでかすので、なんとなくお目付役をしてやらなきゃなという気分になってしまう。

足音を忍ばせて家を抜けだし、怜も自分の自転車にまたがった。日付が変わるまえには餅湯博物館に着けるだろう。

正月のときとはちがい、吹く風はどこまでもぬるい。お互い無言のまま、海岸通りを自転車で走り、餅湯城の丘を上った。今回は竜人も自転車から降り、黙々と押して坂道を歩いた。

博物館の通用口に鍵を差しこむ手つきを見て、

「ちょっと待て」

と怜は言った。「おまえもしかして、これまでも一人で張り込みしてたのか?」

「田岡さんとおばちゃんにだけ負担かけて、夜はがら空きってわけにもいかないからな。事務室に寝袋持ちこんで、夜明けぐらいに帰ってた」

藤島がフリーマーケットサイトで盗品を見つけてから、今日で四日目だ。そのあいだ竜人は毎晩、博物館で張り込みをしたうえに、部活も干物店の手伝いもしていたらしい。いくら授業時間を睡眠学習にあてているとはいえ、体力魔神すぎる。

「じゃ、今夜犯人が決行するっていうのは、やっぱりふかしか」

「いや、連夜の張り込みの結果、まちがいなく今夜だと俺の勘が告げてる」

「単に『数打ちゃ当たる』方式だろ、それ」

あきれつつ、竜人のあとにつづいて事務室に足を踏み入れた。部屋の片隅に抜け殻みたいな寝袋があり、まわりには漫画雑誌や食べかけのスナック菓子の袋が配置されて、竜人がちゃっかり巣を形成しているのがうかがわれた。日中に勤務する田岡さんと掃除のおばちゃんにしてみれば、さぞかし迷惑なことだっただろう。

竜人は事務室の冷蔵庫から、勝手に二リットルのコーラのペットボトルを取りだした。

「まじで住んでるな」

「俺が買ったやつだから遠慮すんな」

これまた我がもの顔で手渡された白いマグカップには、茶色い縄文式土器がプリントされていた。博物館の売店は長らく開店休業状態で、売れ残りをバックヤードで活用しているらしい。あまり購買意欲をそそられない、地味なデザインだ。もち湯ちゃんをプリントしたほうが、まだしもましだったんじゃないかと怜は思った。

長机を挟んでパイプ椅子に腰を下ろし、怜と竜人はコーラを飲んだ。丸い壁掛け時計の針は遅々として進まない。

「俺さ、秋野《あきの》さんにまずいこと言っちゃったんだ」

「どんな？」

と、竜人がパイプ椅子の背に身を預けた。

「チョコが硬化してて、その……」

「ああ、つい最近になって、『硬かった？』って聞いてきたのは、それでか」

巣から拾いあげた漫画雑誌を広げ、竜人は軽い口調で言う。「『俺のケツほどじゃねえから気にすんな。親父の歯が軟弱なんだ』って言ったら笑ってたし、平気だよ」

「ならいいんだけど……。なあ、竜人の親父さんは、秋野さんのなにが気に入らないんだろ。そりゃちょっとチョコは硬かったのかもしれないけどさ」

「愛美に悪いとこなんかない。第一、ちゃんと会ったこともないんだから、いいも悪いもわかんないはずだろ」

「じゃあどうして」

「意地になってるだけじゃね。あのクソ親父、若いころ元湯の女のひとにこっぴどく振られたらしいから」

「えっ、そうなんだ」

強面《こわもて》の佐藤干物店の店主と恋とが結びつかず、怜は少々困惑した。

「うん。結婚して、どっかべつの町に行っちゃったらしい。おふくろが言ってた」

「ええっ、竜人のおふくろさんも事情を知ってんの」

怜はますます困惑した。

「そりゃそうだ。おふくろの実家、餅湯商店街の魚屋なんだから。たぶん寿絵さんだって知ってんだろ」

「筒抜けすぎるよな……」

「そう？　ほかの町はもっと、筒じゃない感じなのか？」

「少なくとも竹程度には仕切られてるんじゃないかって気がする」

桜台の暮らしを思い浮かべ、怜はそう言った。近所の住人の詳しいプロフィールなど、伊都子《いとこ》だって把握していなそうだし、そもそも屋敷にいる慎一《しんいち》のことすら、何者なのか、伊都子とどんな関係なのか、怜は明確には知らないのだった。

「親ってなんで、あんなわけわかんない生き物なんだろうな」

と竜人は嘆息した。心平やマルちゃんちの親は、極めて常識的で円満な人柄みたいだけど、と思いつつ、

「ほんとにな」

と怜も心から同意した。

そのとき、裏手の駐車場のほうで車のエンジン音がし、ついで通用口の鍵をだれかが外から開けようとしはじめた。

「来た」

と竜人は言い、素早く壁のスイッチに手をのばして部屋の電気を消した。通用口のノブがガチャガチャと乱暴にまわされる。だが、まだドアは開かない。正規の鍵を持っているなら、ありえないことだ。竜人の勘が当たった。日中に土器を盗みだしにくくなったためか、夜陰にまぎれて、本当に犯人がやってきたのだ。

怜は心拍数が上がり、真っ暗な事務室で、

「竜人」

と囁《ささや》いた。「どうすんだよ」

青白いスマホの明かりが灯り、一一〇番通報した竜人が早口かつ小声でまくしたてた。

「餅湯博物館の事務室にいるんですけど、裏手の通用口をこじ開けて、だれかが侵入してこようとしてるっす。何人いるかわかんないから、とりあえず隠れておきます。急いで来てください。あ、俺？　佐藤竜人っていいます。はい、通話はつないだままにしときます」

話すうちにスマホの明かりが消えたので、怜は急いで自分のスマホを取りだし、光源がわりにした。竜人は立ちあがって長机をまわりこみ、怜の腕をつかんで、事務室にいくつかあるドアのうちのひとつを開けた。

トイレのドアだった。開けたらすぐ便器がある、一人用の狭いものだ。怜と竜人がぎゅうぎゅうになってトイレに収まり、ドアを閉めた瞬間、通用口のドアが開く音がし、通路から事務室へとひとの気配が近づいてきた。

「入ってきました」

竜人がスマホに向かって、ほとんど息に近い声で言う。「しばらく黙ります」

事務室のドアが開いた。侵入者の気配が濃くなる。一人ではない。複数いる。竜人が怜の腕から手を離し、トイレのドアを慎重に、ごく細く開けた。侵入者が持っているらしい懐中電灯の明かりが、ドアの隙間の向こうでちらつく。竜人は息を殺して隙間に目を押し当て、侵入者の様子をうかがっている。

いつのまにか怜のほうが、竜人の腕を強くつかんでいた。ますます激しくなった鼓動のせいか、震えのせいか、視界が小刻みにぶれて困った。

八、

これって絶体絶命なんじゃないか、と怜《れい》は恨めしく考える。餅湯《もちゆ》博物館はそれなりに広い。展示室のほうへ逃げて、ロビーにある来館者用のトイレにでも身をひそめればよかった気がする。

事務室のトイレに立てこもってしまったせいで、「前門の虎、同門に反射でしか行動しない竜《りゅう》人《じん》」といった感があり、進退窮《きわ》まった。

しかし、どうなっちゃうんだろうと怖くてたまらないのに、状況を把握せずにはいられないのが不思議なところで、怜は背後から竜人にのしかかるようにして、なんとか室内を覗《のぞ》こうと試みた。圧に負けて少し中腰になった竜人の頭越しに、首をのばしてドアの隙間に顔を近づける。

事務室に侵入してきたのは三名で、シルエットからいずれも、二十代後半ぐらいの男だと見て取れた。そのうちの一人、先頭を行く黒い野球帽をかぶった男が低い声で、

「おい、通用口の鍵閉めてきたか」

と言った。からの台車を押して最後尾についていた男が、

「あ、いえ」

とおどおどした様子で答える。

「バカ、閉めてこい。もし警察が来たとき、時間稼ぎできねえだろ」

野球帽の男がリーダー格らしい。おどおど男は台車をその場に残し、急いで通用口のほうへ戻っていった。

「あいつはダメだな」

野球帽の男はため息をつく。三人目の男が、

「いざとなったら置いて逃げりゃいい」

と、懐中電灯で室内のあちこちを照らしながら笑った。トイレのほうに光の輪が向けられたので、怜と竜人は急いでドアのうしろに体を隠す。一瞬だけ便器が白く浮かびあがり、またすぐに

暗闇に沈んだ。心臓の音が聞こえてしまうんじゃないかと案じたらますます鼓動が激しくなって、怜は慎重に呼吸を整えようとする。

ところがそのタイミングで、

「だれかいるんじゃないだろうな」

と懐中電灯男が言うものだから、危うく「ひぃっ」と叫びそうになった。竜人が咄嗟《とっさ》に掌で口をふさいでくれたので、ことなきを得る。いや、口のみならず鼻までふさがれたため、今度は窒息の危機だ。わかってる、声は出さない、と小刻みにうなずくことで伝えると、汗ばんだ掌が離れていった。竜人も緊張してるんだ、と思うと、少し気持ちが落ち着いた。

暗いトイレのなか、怜と竜人は至近距離で視線を交《か》わし、思いきって再びドアの隙間に目を押し当てた。侵入者がトイレに向かってきたら応戦できるよう、怜は拳《こぶし》を握りしめる。

野球帽の男と懐中電灯男は、怜たちがひそむトイレではなく、事務室の長机に視線をやっていた。机のうえには、飲みかけのコーラが入った土器柄マグカップがふたつ置いてある。怜と竜人は、「どうすんだよ」「どうするったって、そこまで頭がまわらなかったんだからしょうがないだろ」と念話しながら、互いの体を肘《ひじ》で小突きあった。

野球帽の男は、

「片づけてから帰りゃいいのに、だらしねえな。出しっぱなしとか気になるんだよ俺は」

と毒づいた。懐中電灯男が長机に一歩近づく。気の抜けたコーラだったとはいえ、多少の泡はまだ立っているかもしれない。侵入者はみな黒い手袋をしているようなので、マグカップに触れても冷えた温度はわからないだろうが、中身をしげしげと覗きこまれたら終わりだ。最前まで長机周辺にひとがいたことがばれてしまう。怜は思わず胸のまえで手を合わせた。特に信心はないのに、いざとなるとこのポーズを取っちゃうものなんだなと、頭の片隅の妙に冴えわたった部分で驚き、感心もした。

そこへ、

「閉めてきました！」

と、おどおど男が戻ってきた。懐中電灯男の意識がマグカップからそれ、野球帽の男が、

「よっしゃ、行くぞ。さっさとすまそう」

と展示室のほうへ通じるドアに手をかける。

侵入者たちの姿が消え、おどおど男が押す台車の音が遠ざかっても、怜と竜人はしばらく身じろぎもせずにいた。しばらくといっても二十秒ぐらいだっただろうが、ものすごく長く感じられた。

「侵入者は三人です」

と、一一〇番につなぎっぱなしにしていたスマホに向かって、竜人が小声で報告した。「駐車場に面した通用口の鍵を開けておくんで、そっから入ってください。正面の出入り口をぶち破って逃げる可能性もあるから、できればそっちにもだれかいてくれるとありがたいっす。じゃ、通話にしたまま、また黙ります」

「警察はまだなのか？」

あせる思いを抑えかねて怜は尋ねる。

「しぃっ。おまわりさんに聞こえてんだから、警察批判はやめろ」

「批判じゃないだろ、単なる事実確認だろ」

「怜さ、通用口の鍵開けてきてくんね」

「おまえもうちょっとひとの話聞けよ」

「怜こそ聞いてなかったのかよ。鍵開けとかなきゃ、おまわりさんが入ってこらんないんだぞ。早く早く」

「えー？」

怜はしずしずとトイレのドアを開け、顔だけ出して事務室内をうかがった。侵入者たちは展示室のほうへ行ったきり、いまのところ戻ってくる気配はないようだ。

「いいけど、竜人は？」

「俺はここに隠れ……、むにゃむにゃ、やつらが戻ってきそうだったら、展示室との境の内鍵をかけて防波堤となる覚悟だ」

「ふざけんな、いま『隠れとく』って言ったよな」

「言ってません。いいから行ってこいって」

背中を押されてトイレから転がりでた怜は、しかたなく通用口めがけて事務室を突っ切り、なるべく物音を立てぬよう通路を走った。怜の動きに気づいた侵入者がいまにもうしろから襲いかかってくるのではと、脳裏に浮かぶいやな妄想のせいで、膝関節が氷と化したようだった。ぎくしゃくしながらなんとか通用口までたどりつき、鍵を開けた怜は、競泳選手みたいに一瞬でターンして事務室に駆け戻る。

ところがトイレはもぬけの殻だった。どこ行った、竜人。半ばパニックになった怜は、手探りで長机にあったふたつのマグカップを小さなシンクへ運び、「いや、これを迂闊《うかつ》に移動させちゃまずいだろ。なにやってんだ俺は」と思いなおして、もとの位置に戻した。

落ち着け。竜人が俺を置いて一人で逃げるはずないし、第一そんなこと不可能だ。通用口には俺がいたんだし、正面の出入り口には展示室を通らなければ行けない。

ということは……。怜はハッとした。まさか、竜人は侵入者に見つかったのか？　それで展示室のほうに連れていかれ、リンチされてるとか!?

全身から冷や汗が流れ落ちる。一瞬、警察の到着を待とうかと考えなくもなかったが、タコ殴りにされている竜人の姿が思い浮かぶと、氷の膝関節が自動的に動いた。展示室のほうへ通じるドアを開け、真っ暗なバックヤードをほとんど生まれたての子鹿同然のへっぴり腰になって進む。悪い想像には、体から力が抜けるほどの威力があるものなんだなとつくづく実感した。いま、自分が死ぬところを渾身で思い描いたら、それだけでうっかり心臓が止まってしまうんじゃないかと心配になった。

あまりにもバックヤードが暗く、はたしてちゃんと前進できているのか心もとなくなってきたので、怜は意を決してスマホの待ち受け画面を表示した。青白い光があたりを照らし、前方の床に灰色っぽい塊が浮かびあがって、怜は今度こそ「ひぃっ」と小さく悲鳴を上げた。

「しーっ」

と灰色の塊が言った。竜人だった。バックヤードと展示室との境となる鉄扉のまえで、竜人はこちらに背を向ける形でしゃがみこんでいた。怜は急いで竜人の隣に走り寄り、同じようにしゃがんで囁《ささや》く。

「なにしてんだよ、なんでこんなとこにいるんだ」

「あいつら、展示室のガラスケースを割りやがったんだよ」

竜人は鉄扉に耳を寄せて侵入者の様子をうかがいながら、ちらと怜を見たようだった。「外で待っててもよかったのに」

その言葉で、怜は竜人の意図を察した。通用口の鍵を開けにいかせたのは、そのついでに怜が外に避難したり、駆けつけた警察官と鉢合わせして保護されたりといったことを期待していたからなのだろう。

「見くびんな」

怜は憤然として言った。竜人を見捨てて、一人だけ外で待つなんてできるわけがない。

竜人は「悪い悪い」というように怜の肩を軽く叩くと、素早く立ちあがった。

「あいつら台車に土器を積んでるみたいだ。おまわりさん遅《おせ》えし、踏みこもう」

「なんでそうなるんだよ」

度肝を抜かれた怜も立ちあがり、必死に竜人を押しとどめた。「さっきおまえが言ったとおり、ここの内鍵かけて、警察が来るまで展示室に閉じこめればいいだろ」

「ガラスケース割ったんだぞ？　正面玄関だって割って逃げる。そのまえに捕まえないと。怜こそ、『見くびるな』って言ったくせに怖《お》じ気《け》づいたのか」

「それとこれとは話がべつだ。向こうは三人、こっちは二人なのわかってる？」

「大丈夫。これがある」

竜人が自信満々で、ドア横に立てかけてあった棒のようなものを握ってみせた。

「モップでどうすんの！」

「そこに箒《ほうき》とちりとりもあったぞ」

と言うが早いか、竜人は鉄扉をドカーンと開け、

「おまえら、土器を置いて両手をあげろ！」

と怒鳴った。しかたなく怜も箒を手に、へっぴり腰の子鹿のまま、竜人の背後に隠れるようにして展示室に踏み入った。

ケースのガラスは派手に割られ、侵入者たちは床に置いた懐中電灯の明かりのもと、協力して土器を台車に積みこんでいるところだった。竜人の大声に驚いたらしく、三人は一瞬動きを止め、ついで怜と竜人を見て、

「はあ?」

と言った。

さびれた博物館から土器を盗んで転売するような小悪党に共感する日が来るとは予想もしていなかったが、怜は残念ながら彼らの気持ちがよくわかった。泥棒をしている最中にいきなり踏みこんできたのが、明らかに十代と見て取れる男子二人で、しかもモップと箒を手にしていたら、それはたしかに「はあ?」としか言いようがないだろう。中腰になっていたおどおど男は、台車に置きかけた土器を取り落とした。

「おい！」

竜人がモップの柄《え》でおどおど男をびしりと指す。「丁寧に扱え。心平《しんぺい》の傑作だぞ」

「しぃーっ、しぃーっ！」

怜は竜人のシャツの背中を引っぱった。懐中電灯男はすぐに我に返ったようで、床の懐中電灯を取り、怜たちのほうに向けてきた。まぶしさに目をすがめつつ、怜もすかさずスマホの懐中電灯マークを長押しし、光には光でお返しした。野球帽の男はさすがに冷静で、白く強力な明かりに照らしだされても悠然と腕組みし、

「なんなんだ、おまえら」

と言った。

「おまえこそなんだよ」

と竜人が言い返す。「俺はどっちかっていうとアンチ巨人だけど、ジャイアンツのキャップかぶって悪さすんな」

「ふん。おまえ、どこファン?」

「カープ」

「餅湯のやつがなんで広島。どうせにわかだろ」

モップを握る竜人の手に力がこもった。

「生きて餅湯を出たけりゃ、赤ヘル軍団と全国のカープファンに謝れ」

どうしてこの状況で野球談義になるんだ。怜はめまいがする思いで野球帽の男と竜人を見比べた。そのあいだにも、両者の距離はじりじりと縮んでいた。侵入者たちは怜と竜人を殴り倒してでも通用口から逃走しようと機会をうかがっていたし、もちろん怜たちはそうはさせじとモップと箒を振りかざして圧をかけていたからだ。

その均衡を破ったのは、バックヤードから聞こえてきた複数の足音だった。やっと警察が到着

したのだ。パトカーのサイレンを鳴り響かせるほど餅湯警察はまぬけじゃなかったらしい、と怜は安堵した。

「おまわりさーん、こっちでーす！」

竜人が大声で知らせると同時に、野球帽の男と懐中電灯男は身を翻《ひるがえ》し、台車も土器も置き去りにして正面玄関のほうへ駆けだした。おどおど男が少し遅れて、必死にあとを追う。

しかし竜人もそのときには猛然とダッシュし、モップを放って野球帽の男に背後から飛びかかっていた。二人はもつれあって床に転がり、激しく服を引っぱりあったりパンチを繰りだそうとしあったりした。実際には距離が近すぎて打撃戦にはならず、もごもご蠢《うごめ》く大きな虫みたいなありさまだ。

怜も勇気を絞りだしてもつれあいの現場に駆けつけ、精一杯箒を振って、懐中電灯男とおどおど男が野球帽の男に加勢しようとするのを妨げた。五人ほどの警察官が境のドアロからなだれこみ、展示室にいる全員を取り押さえようと突進してきた。警察官に腕をつかまれた怜は、

「ちがうちがう！」

と叫ぶ。「俺は犯人じゃないって！　ああー、そっちの野球帽の男に嚙みついてるやつもちがいます！　それが通報者の佐藤《さとう》竜人だから！」

あれこれ事情を聞かれ、餅湯警察署を出られたのは結局明け方近くだった。

友人の藤島《ふじしま》が土器をたまたまフリーマーケットサイトで見つけたこと、地域の歴史研究をするために、以前から餅湯博物館の田岡《たおか》に鍵を貸してもらっていたので、それを使って独自の判断で、

見張りを強化したこと、などを説明すると、警察官はあきれたように、

「お手柄だけど、無茶をするもんじゃないよ」

と言った。

侵入者三人は逮捕され、余罪も含めて取り調べられるそうだし、今回の件で田岡や藤島や過去に土器を偽造した心平に累《るい》が及ぶような事態は回避できたし、まあ結果オーライかと怜は思った。

オーライではないのは竜人だった。警察からの連絡で寝ているところを叩き起こされた父親が、署まで迎えにきたとたん、

「なにしたんだ、おめえは！」

と問答無用で頭に拳骨《げんこつ》を落としたためだ。竜人は盛大にぶすくれている。ちなみに竜人父は居合わせた警察官たちに、

「お父さん、まあまあ、お父さん落ち着いて」

となだめられていた。

同じく寿絵《としえ》もすっぴんで警察署に走りこんできたが、怜と竜人の無事な姿を確認し、なにがあったのかを聞いて、

「ばかねえ、あんたたち」

と朗らかに笑い飛ばした。細かいことを気にしないおふくろの性格、こういうとき便利だよな、と怜はちょっとくすぐったく思った。

そういうわけで怜と寿絵、竜人と竜人父は、海沿いの道を商店街へと、歩いて一緒に帰った。始発のバスもまだ走っていない時間だったからだ。

「なんで車で来なかったんだよ」

と父親に文句を言った竜人は、

「しょっぴかれた身で生意気言うな」

と二度目の拳骨を食らっていた。「寝酒がまだ残ってんだ。飲酒運転で警察へ乗りつけるわけにいかねえだろ」

気の早いカモメの群れが、だみ声で盛んに鳴いているが姿は見えない。海は夜の名残に沈んだままで、ただ単調な波音と潮の香りだけを海岸通りに振りまいている。

「博物館まで自転車取りにいくのめんどくせえなあ」

脳天をさすりながら、竜人がぼやく。

「今日の学校帰りに、駅前からバスに乗ってけばいいよ」

と怜は言った。「部活あるんだったら、鍵貸してくれれば、マルちゃんと行ってくる」

「あー、わりぃけど頼もうかな。ほんとは心平に行かせたいとこだけど、あの指じゃブレーキ握れないもんな」

「部活なんて休め」

と竜人父が言う。「これ以上ひとさまに迷惑かけんじゃねえ」

「なんか親っぽいこと言ってる」

竜人の父親とは幼なじみの寿絵が、気安く茶々を入れた。「自分だって若いころはほうぼうに迷惑かけまくりだったくせに」

「いやほんと寿絵ちゃんにだけは言われたくねえぞ」

「それもそうか」

寿絵はちょっと肩をそびやかして笑い、「迷惑なんてかけあえばいいってことだよ、うん」と勝手に納得している。

たしかにそういうものかもしれないな。怜は薄紫色に輝きはじめた水平線を眺める。もし、寿絵がだれにも迷惑をかけたくないと思っていたら、怜は生まれていなかった可能性もある。だが、だれかに迷惑をかけたりかけられたりしてもいいんだと体現する人物が、寿絵のまわりには存在した。竜人の父親や、伊都子《いとこ》や、ひょっとすると重吾《じゅうご》もその一人かもしれない。おかげで寿絵は、ずいぶん息がしやすかったんじゃないだろうか。

迷惑のかけあいが、だれかを生かし、幸せにすることだってありえる。少なくとも、だれにも迷惑をかけまいと一人で踏ん張るよりは、ずっと気が楽なのではないかと怜には感じられた。

伊都子も等しく母親なのだと心から認められたとき、伊都子が怜や寿絵をそもそも迷惑とすら思っていないらしいと腑《ふ》に落ちたとき、怜は目のまえが啓《ひら》けるような気がした。「愛」としか言いようのないものがたしかに自分を包んでくれていることにやっと気がつき安らいだし、自分のなかにもまた、同じようにうつくしくあたたかな思いが存在していたのだと知った。

怜は、寿絵や伊都子や竜人や丸山《まるやま》をはじめとする周囲のひとのことが好きだし、大切だった。本当はいくらでも迷惑をかけられたっていいと思っているし、怜が迷惑をかけることがあったとしても、かれらならきっと受け止めてくれるだろうと思っていた。そういう確信をもたらしてくれたかれらを愛しているし、そんなかれらの住む、海と山のあるしみったれたこの餅湯の町を愛している。

とても口に出しては言えないけれど。

「まあ、とにかく二人に怪我がなくてよかった」

と、竜人父がため息をついた。

「ほんとにねえ」

寿絵がうなずき、両腕を頭上に掲げてのびをする。その指のあいだを抜けた朝の光が、まばゆく怜の目を射貫《いぬ》いた。

「俺はだれかさんのせいで頭蓋骨割れるとこだったんですけど！」

怜の隣でまだ脳天をさすっていた竜人は、父親の感慨に対して不服を申し立てた。


建造物侵入および違法転売犯を捕まえるのに協力し、縄文式土器の盗難を防いだのだから、通常ならば怜と竜人に警察から感謝状が贈られ、「お手柄高校生」などと地元紙に取りあげられてもおかしくない。しかし、うしろ暗いところのある怜たちは、「いえいえ、市民として当然のことをしたまでです」と感謝状贈呈の打診を固辞した。博物館が長年、心平の偽造土器をそれと気づかず展示していたこと、囮《おとり》捜査さながらに犯人グループを餅湯博物館へと誘導していたことが、芋づる式にばれるとまずい。

餅湯警察も、博物館を運営する餅湯町も、なんとなく察するところはあったのかもしれない。そもそも、高校生が博物館の合鍵を持っていて、しかも深夜に館内に入りこんで見張りをしていたなんて、補導案件だ。けれど、そのおかげで犯人逮捕につながったのも事実であり、対応に困った警察と町は、怜と竜人が夜に徘徊《はいかい》し、犯人と乱闘に及んだことを目こぼしするのと引き替えに、感謝状は出さないことにした。つまり事実の隠蔽《いんぺい》、それだと印象が悪いようであれば、ことなかれ主義に基づく玉虫色の落着を選択した。ぬるま湯的ムードにあふれた餅湯らしい判断である。

餅湯警察署長はそれでも、活躍を見せた少年になにもお礼をしないのは申し訳ない、と思ったようだ。ポケットマネーで購入したという「もち湯ちゃんストラップ」が郵送で送られてきた。うちに山ほどある、と怜は思ったが、ちょうど自転車の鍵につけていた売れ残りのもち湯ちゃんをどこかに落としてしまったところだったので、ありがたく活用することにした。うんうんうなりながら書き慣れぬ礼状もしたため、投函した。

竜人のところにも当然、もち湯ちゃんが届いたはずだが、どう対応したのかは聞いていない。ただ、学校の廊下で購買へ行く愛美《まなみ》とすれちがったとき、彼女が手にした財布にもち湯ちゃんストラップがついているのを目撃した。

ことの顚末《てんまつ》を聞いて以来、心平はいつにも増してご機嫌だ。

「いいなあ、俺もその場に居合わせたかった。やっぱ『母ちゃん網走』から脱獄すりゃよかった」

と、ひとしきりうらやましがりつつ、自称「後世に残る傑作」を怜と竜人が守ってくれたことへの礼を述べた。

ご機嫌の理由はもうひとつあって、指のギプスが取れたのである。全治一ヵ月と診断されていたのに二週間ちょっとで骨がくっついたそうで、「さすが野性の生命力」と友人一同感服した。そうは言っても、まだ痛んだり違和感があったりするのではと怜は案じたが、心平は難なくエンピッを握り、クロッキー帳にコンビニのおにぎりを描いている。デッサンの対象がおにぎりでいいのか、と思ったけれど、丸山は真剣な表情で横から覗きこみ、なにやらアドバイスしている。

怜は餅湯高校の屋上に寝転がり、青い空を見上げた。ゴールデンウィークのにぎわいもつかの間の夢のごとく消え去り、餅湯の町は本日ものどかにまどろんでいる。いつものように屋上に集まった面々は、夏の予感をはらみながらもさわやかな日射しのもと、スマホを見たり参考書を開いたりと思い思いに昼休みを過ごしている。

「そろそろ花火の季節だな」

藤島が二次関数を解きながらつぶやいた。そういえばそうだ、と怜は青空に現れた白く薄い雲を目で追う。ちぎれた綿あめみたいな雲は、海からの風に急《せ》きたてられ、餅湯高校の上空を通って山のほうへと流れていく。

餅湯の花火大会は一回ではすまない。規模の一番大きな大会は八月第一週の日曜日と決まっているし、梅雨《つゆ》の時期は予定が組まれていないが、それ以外は、五月の中旬から九月の初旬まで、だいたい週に一度のペースで開催される。曜日はランダムで、平日のこともある。

花火は餅湯の海上で打ちあげられ、人々は海岸やホテルから見物する。元湯《もとゆ》からだと岬《みさき》にさえぎられて見えないため、各旅館は船を出したり、マイクロバスで餅湯海岸まで泊まり客を送迎したりとおおわらわだ。むろん、近隣から車で日帰り見物に来るひとも多く、海岸通りでは交通渋滞が発生して、地元住民から行政に苦情が寄せられることもある。

それでも花火目当ての観光客を呼びこむべく、あえて曜日を分散して、けっこうな頻度で大会を行うわけで、山に反響して餅湯のみならず元湯にまで轟《とどろ》く花火の音に、ほとんどの地元住民は

「またか」と、さほど感興を覚えなくなっている。

怜は「またか」派だが、花火大会のある日はさしもの「お土産　ほづみ」もやや客足が増えるので、店番にも気合いが入る。桜台で過ごす期間と開催日がかぶる場合は、丸山に店番の応援を頼むこともあるほどだ。藤島も泊まり客への応対で、花火を見る暇はあまりないだろう。しかし餅高生のなかでも、花火大会を心待ちにし、積極的に見物に行くものもいる。どんな伝手《つて》をたどるのか怜には想像もつかないが、夏になると連日のように観光客と合コンをしているらしい派手なグループや、竜人のようにつきあっている相手がいる生徒だ。

案の定、竜人は藤島の言葉に反応し、スマホから顔を上げた。

「そうだ、花火大会。でも愛美は塾あるから、今年は行けないかもなあ」

なんだか哀愁を帯びて遠くを見ている。

「秋野《あきの》さんは東京の大学への進学を希望してるのか？」

怜は身を起こして尋ねた。高校卒業後の自身の進路について、竜人がどう考えているのかは知らない。だが、いつもピンク色のオーラを放っていちゃいちゃしている二人が、もしも離ればなれになるのだとしたら、クールな愛美はともかく竜人は大丈夫なんだろうか、と以前から案じていたためだ。

「ん。第一志望は都内で、第二志望は横浜らしい。どっちにしろ一人暮らしするんじゃね」

「竜人はどうすんの」

「俺は専門学校行って、調理師免許取るかなーと思ってる」

「えっ」

と丸山が声を上げた。「竜人、料理できたっけ」

「魚はさばけるけど、それ以外はあんまり。でも、干物屋をすぐ継ぐなんてごめんだし。料理の修業しとけば、ゆくゆくは佐藤干物店を干物も出す居酒屋とかに変えられるかもしんないだろ」

竜人の親父さん、店を乗っ取られるピンチだな、と怜は思った。しかしまあ、実現の可能性はさておき、竜人が自分なりに将来設計をしていることはわかった。

「じゃあ、竜人も都内か横浜の専門学校にするのか？」

と藤島が聞いた。藤島は愛美と親戚なので、二人の交際がこのまま順調につづいたら、竜人とも親戚になる目が出てくる。そりゃあ気になるところだろうなと、怜は藤島にやや同情した。筋肉製の脳みそを搭載した男と親戚づきあい。親戚がいない怜にも、なかなかに難儀な事態だということは想像がつく。

「いや、うちは学費だけで精一杯っぽいから、餅湯から通える専学探す」

「となると、遠距離恋愛？」

怜は震えあがった。愛美と会いにくくなった竜人が荒ぶりまくり、父親との諍《いさか》いが激化する未来が容易に予想できる。商店街の平和は風前の灯火だ。

「まあな。しょうがねえよ」

「意外と冷静だな」

「愛美は不安がってるけど、そこはどうにもなんないだろ。俺も愛美もまだ稼ぎがないんだし」

と、竜人は物憂く笑った。「俺は愛美のこと好きで……」

「どえぇ」

「『好き』って言ったよ、このひと」

「ほんとに言うやついるんだ」

「なんかこっちが照れるな」

一同のどよめきを、

「黙って聞けや」

と竜人が低い声でねじ伏せた。「俺は愛美が好きで、この気持ちが変わるとは思ってねえけど、さきのことはわかんないよな。大学行ったら、愛美のほうにべつの好きな男ができっかもしんないし、どっか会社に就職するってなったら、もっといろんなひとに会うだろうし」

父親と喧嘩《けんか》ばかりしている竜人だが、どうやら餅湯で生きていく覚悟らしい。竜人の父親も当然のように、息子が店を継ぐことを期待しているはずだ。そんなこと気にせず、竜人だってたとえば就職を機に都会に出て、愛美と一緒に暮らしたっていいのに、と怜は思うのだが、竜人には干物店や家族に対する責任感があるのかもしれない。

期待されるのも良し悪しだな、と怜は小さくため息をついた。中年になった竜人と愛美が、佐藤干物店かあるいはべつのどこかで、いまと変わらずいちゃいちゃしている姿を思い浮かべようとしたが、それは霧のなかの光景のように輪郭がおぼろだった。

なんだか切ない。この寄る辺《よるべ》ない切なさは、大人になってもつきまとうものなんだろうか。

怜は再び屋上に寝そべり、空を見上げる。雲はいつのまにかなくなって、視界一面が嫌味なほど青かった。竜人の真剣さを感じ取ったのか、ほかのメンツもからかうことなく、コーヒーを飲んだりスマホで花火大会の日程を調べたりしているようだ。それぞれ静かに、充足と空虚さが一体となったみたいな昼下がりのなかにいた。マルちゃんが言ってたもうとっくに死んでる感じ、俺にもつかめそうな気がしてきたな、と怜は思った。

だがもちろん、空気を読まぬ男もいて、

「もっちもっち、もちゆ〜、もちゆおーんせーん〜」

おにぎりのデッサンに戻った心平が、興が乗ったらしく突如として歌いだす。

哀愁と無縁の調子っぱずれな歌声は、昼休みがそろそろ終わることを告げる予鈴の響きと混じりあって、餅湯の空に融《と》けていった。


梅雨のあいだも代わり映えのない日常はつづき、一学期の終業式を迎えた。ちょうど第三週だったので、怜が帰るのは桜台の家だ。

通知表の入ったスクールバッグを手に駅の反対がわへ出て、桜台の坂道を上る。餅湯近辺は前日に梅雨明け宣言がなされており、太陽はさっそく張りきって直線的な熱と光をアスファルトに注ぐ。呼応するように蟬《せみ》も大合唱で、ずっとつづいた雨の季節が嘘みたいな夏の午後だ。

急にやってきた暑さについていけず、怜は木陰をたどりながら歩いた。影を探して地面ばかり見ていたので、行く手の十字路の角から男が出てきたことに気づけなかった。

「やあ」

と声をかけられて顔を上げたときには、すでに岩倉《いわくら》重吾が目のまえに立っていた。真昼に幽霊と遭遇したみたいな驚きと恐怖を感じ、まわれ右して坂を駆け下りたかったが、ふいをつかれて足が動かない。

「商店街や駅前だと、どうしてだかすぐばれるんでね」

重吾は目を細めた。日射しがまぶしかったのか笑ったのか、よくわからなかった。レモンイエローの地に真っ赤なハイビスカス柄のアロハシャツと、だぼっとした黒のカーゴパンツという出で立ちで、雪駄《せった》を履いている。やはり堅気《かたぎ》に見えないというか、堅気ではないひとのコスプレをしているように見える。怜はただただ立ちすくんでいた。

「最後の望みを託して、ここで待ち伏せ。でもまさか、ほんとにイトちゃんとこに出入りしてるとはなあ。女って謎だよな。ところでレイは無口なの？」

なれなれしく呼ぶな。おまえが一方的にしゃべってんだろ。手汗がひどくて、スクールバッグの取っ手がワカメみたいにぬるぬるになった。

「なんの用ですか」

怜がやっと絞りだした言葉を、

「特に用はない」

と重吾は軽く受け流した。「ちょっと話してみたかっただけ」

「じゃあ、光岡《みつおか》さんの家で話しましょう。ここだと暑いですし」

「冗談よせよ。殺されちまうわ」

買い物袋を提げた老婦人が坂を上ってきて、重吾が体をよけた。その隙に逃げだしたかったのだが、さりげなく腕をつかまれ、怜も一緒に道端に寄ることになってしまった。重吾はすぐに手を離し、ブロック塀にもたれた。怜もその隣で、同じように塀に背中を預ける。太陽に灼《や》かれたブロックから熱が伝わり、なんでこいつと並んで道路を見なきゃなんないんだ、と腹が立つようなおかしいような気がした。横目でそっと重吾を観察する。耳のうえあたりにちらほら白髪があった。駅前広場ではじめて遭遇したときよりも、頰のラインが少し削《そ》げたかもしれない。

「今度遠くへ行くことになったんだ」

と重吾が言った。

「え」

「あー、死ぬとかじゃないから。刑務所でもない」

なんなんだ。ノリについていけない。怜はさっさとこの会見を切りあげたくてたまらなかったが、一応の礼儀として、

「どこへ行くんですか」

と尋ねた。

「イルクーツク」

どこだかわかんねえ。こめかみから顎へつたった汗を手の甲でぬぐう。

「いまつきあってる女が故郷《くに》に帰るって言うんで、せっかくだから行ってみようかなと」

「それ、観光じゃないんですか？」

「まあそうとも言う」

と重吾は笑った。どこまで本気で、なにが本当なのかわからない。困惑する怜をよそに、重吾は飄々《ひょうひょう》と話をつづけた。

「でも、そのまま向こうに住みつくことになるかもしれないだろ。そうなるまえに息子の顔を見ておこうかと思った」

怜の頭を疑念がよぎった。重吾が再び餅湯に出没しはじめたのは昨年だ。つきあってる女とやらは、出国の準備にどれだけ時間をかけているのだろう。そんな女のひとは存在しなくて、やっぱりこいつ、なにか困った事態になってるんじゃないか?

しかし、重吾が非実在彼女とつきあっているのだとしたら、ますますお近づきにはなりたくないし、のっぴきならない事情があって別れを言いに、あるいは金をせびりにきたのだとしても、深入りする必要性を微塵《みじん》も感じない。

「顔ならもう見たでしょう。それに、俺がほんとにあなたの息子かどうかわからないですよね」

「たしかに」

うなずいた重吾は、噴きだすのをこらえているようだった。むちゃくちゃ似てると思うけど、と思っているのが伝わってきて、怜はますますいらだち、いたたまれなくなった。

「じゃ、さよなら」

ブロック塀から体を起こしかけた怜を、

「待て待て」

と重吾が引き止める。「パパがおこづかいあげよう」

「いらねえよ、ふざけんな!」

振りまわしたスクールバッグをはっしとつかんだ重吾は、外ポケットに薄っぺらい茶封筒をねじこんだ。

「まあまあ、少ないが取っておきなさい」

なんで急にパパ活みたいなしゃべりかたになってんだ、キモい。怜は封筒を引っぱりだし、く

しゃくしゃにして地面に捨てた。重吾は苦笑し、封筒を拾って皺《しわ》をのばしながら、

「レイは夢とかあんの」

と砕けた口調に戻って聞いてきた。

「あったとしても、あんたに言う義理ない」

「そりゃそうだ」

封筒を差しだされる。「将来に悩んだときは、これ使いな」

「いらないです」

「あっても無駄にはなんないから。それぐらいはさせてくれ」

なにをいまさらと思ったが、重吾が胸もとにぐいぐい封筒を押しつけてくるので、もうこの膠《こう》着《ちゃく》状態をなんとかしたくて、しかたなく受け取った。

「おまえは、なりたいもんになれるといいな」

と重吾は微笑んだ。「じゃ、もう会うこともないと思うけど、元気で」

怜の脇をすり抜け、重吾は駅のほうへ去っていく。封筒を握りしめ、憤然と坂を上りはじめた怜は、二十歩ほど行ったところで振り返ってみた。見通しのいい坂のどこにも、すでに重吾の姿はなかった。

拍子抜けした。なんとなく、重吾が自分の背中を見送っているんじゃないかという気がしていたからで、そんな期待と願望を抱いていたがゆえの拍子抜けなのだと思うと、怜は自身の甘っちょろさが許しがたく、腹立ちまぎれにその場で封筒の中身を引きだした。

予想に反して、入っていたのは「日帰り温泉無料券」が一枚だった。伊都子や慎一《しんいち》とたまに行

く施設のもので、「一回かぎり有効。本券一枚で四名様までご利用いただけます」と小さな文字で印刷されている。

バカにしてんのか。

「なにがどう将来に役立つんだよ!!!」

怜はだれもいない坂の途中で思いきり怒鳴った。呼応して、どこかの家から小型犬らしきものの遠吠えが聞こえた。

悪鬼の形相で桜台の屋敷に帰った怜は、伊都子と慎一に重吾との邂逅《かいこう》について語った。伊都子は第三週に合わせて夏休みを取っていたし、慎一はいつもどおり家事に勤《いそ》しんでいたため、そろって日中から在宅していたのである。

咄嗟に事態を飲みこめずにいる二人をとりあえず放置し、怜はメッセージアプリの「危機管理グループ」にも、「十五号出没。与太話《よたばなし》をして消える」と報告した。冷房の効いた広いダイニングルームに、メッセージの着信を告げるぽこんぽこんという音だけが響く。あまりにもひっきりなしに鳴るので、グループの通知をオフにした。

巨大なテーブルに載った無料券を、伊都子は黙って眺めるばかりだ。静けさに耐えきれなくなったのか、

「まあさ」

と慎一が妙に明るい声で言った。「四人まで使えるみたいだし、今度怜くんの商店街のお母さんも誘って、みんなで一緒に行くのはどうかな」

どんな地獄だ。怜と伊都子が反応を示さなかったので、慎一も再び黙りこんだ。

「あいかわらず読めない男」

と、伊都子がため息をついた。

「え、俺?」

「慎一はこのうえなく単純なのがいいところよ」

「そう? あ、お茶のおかわりいれようか」

照れくさそうに笑った慎一が、からになった各人のティーカップをトレイに載せ、キッチンへ向かう。仲がよさそうでなによりだ、と怜は思った。

「重吾は本当に遠くに行くつもりなのかもしれない」

きらきらした爪のさきで無料券をつまみ、顔との距離をせわしなく調整して裏面まで検分しながら、伊都子は小さな声で言った。

「なんとかツクに?」

「そうかもね。もっと遠くかも」

無料券がテーブルにひらりと舞い降り、伊都子が目頭を揉《も》む。泣いているのかと思って怜は動揺したが、

「だめだ、老眼でなにも見えない」

と伊都子は湿り気ゼロの声で言った。「この券、怜と寿絵さんで使ったら」

「やだよ。近所ならまだしも、おふくろとわざわざ日帰り温泉なんて」

「どうして。私とは行くくじゃない。期限はいつまでになってる?」

怜は券を引き寄せて覗きこんだ。

「来年の三月末」

「じゃ、卒業の記念にちょうどいいかもね」

無事に大学に受かったら、怜は東京で一人暮らしをするつもりだ。伊都子も賛同してくれている。そのあとどうするかはまだわからないが、最低でも四年間、寿絵は店を一人で切り盛りすることになる。

「とにかく、捨てるでも友だちと使うでも、怜の好きなようにするのがいいと思う」

伊都子にそう言われ、怜は無料券を制服のズボンのポケットにつっこんだ。気づいたらなくしてた、ということになるといいなと思ったが、たぶん自分が期限ぎりぎりまで、これを寿絵に見せるかどうか迷いつづけるのだろうとわかっていた。

あいつが行く「遠く」とはどこだろう。実際のイルクーツクがどんな場所だか知らないが、怜の脳裏に、荒涼とした大地に立つ男の姿が浮かんだ。あらゆるしがらみから解き放たれて、案外自由で楽しそうに見える。でも、さびしさを感じる余地もないほど一人だ。怜が行きたいのはそこではない。

遠くへ行くなら黙って勝手にすればいいものを、思わせぶりに会いにきて、紙切れ一枚で「忘れるな」と言わんばかりに楔《くさび》を打っていくのが、あいつのずるいところだ。怜としては憤懣《ふんまん》やるかたなかった。重吾と無料券についてあれこれ思いめぐらしてしまっている自分も、まんまと策にはまった感があって許しがたい。

テーブルに出しっぱなしにしていたスマホが鳴りだした。メッセージではなく電話の着信音だ。「マルちゃん」と表示されている。怜は救われた思いで気持ちを切り替え、画面をタップした。

「はいはい、どうした」

「どうしたじゃないよ。メッセージ読んだ。大丈夫?」

「うん」

「大変なときに悪いんだけど、黒田《くろだ》くんが来てさ」

「うん。え、黒田くんてだれ」

「ほら、修学旅行んときの。唐津の」

「ああ……、えーっ!? なんで」

「黒田くんとこは昨日が終業式で、その足で夜行バスに乗って遊びにきたんだって。せっかくだから今夜の花火大会にみんなで行こうってことになったんだけど、怜どうする?」

「行く」

通話を切った怜は、夕飯はいらない旨を伊都子と慎一に告げた。お茶のおかわりを運んできた慎一は残念そうだったが、伊都子は、

「そう、いってらっしゃい」

と言った。「遅くなるようだったら、無理しないで商店街のおうちのほうに帰んなさい」


赤い提灯《ちょうちん》が吊《つる》された商店街のアーケードを抜けたさき、夕闇に包まれた海岸通りは、ひとと車でごった返していた。桜台の家でシャワーを浴び、Tシャツとジーンズに着替えた怜は、ここまで来るあいだにすでに汗びっしょりになった。日没を過ぎて気温が下がるどころか、風がやんでますます蒸し暑くなっている。

浜辺に下りると、道路よりもさらに人口密度が高くなった。並んだ屋台から漂うソースのにおいに鼻をくすぐられながら、ひとをかきわけるようにして進む。夜の色に染まる海へ視線をやれば、見事なまでのべた凪《なぎ》だ。

砂浜はモザイクタイルのように色とりどりのレジャーシートで埋めつくされていた。それぞれのシートに、家族づれ、友だち、会社の同僚、恋人、ご近所さん同士といった人々が座り、飲み食いしたりおしゃべりしたりしながら花火の開始を待っている。ありとあらゆる人間関係の組みあわせが、餅湯の海辺に集結しているのではないかと思われるほどだ。

このなかから目当ての一団を探すのは無理なのでは、と怜が絶望しかけたとき、

「おーい」

と聞き慣れた声がした。「おーい、怜！　こっち！」

波打ち際に近い一角に青いレジャーシートが敷かれており、竜人が立ちあがって大きく両手を振っていた。怜はほかのシートを踏まないよう、飛び石みたいに露出した砂地をたどって、竜人のほうへ近づいていった。

竜人たちが陣取ったレジャーシートでは、心平が屋台の焼きそばをかきこんでいた。愛美と朋《とも》香《か》もいて、お互いのかき氷を笑顔でつつきあう。丸山や藤島となにやら話していた黒田が、顔を向けてきた。

「よう、ひさしぶりだな」

座ったまま上げられた黒田の右手に軽く拳をぶつけ、

「ほんとに来るなんて、びっくりした」

と怜は言った。靴を脱ぎ、レジャーシートに腰を下ろす。

「なんで。また会おうって言っただろ」

黒田は笑い、タコ焼きのパックを差しだした。シートが窮屈なようで長い手脚を縮めているが、楽しそうだ。唐津で会ったときよりも、少し日に焼けたかもしれない。

「むっちゃ栄えてんな、餅湯。城もあるし」

「偽物だよ、あれ」

怜はタコ焼きをひとつ口に放りこみ、丸山が水筒から紙コップについでくれたコーヒーを飲んだ。怜のお子さま舌卒業を察したのか、近ごろ丸山はクリームなどを持参しなくなった。

「夜行バスがあるなんて知らなかったよなあ」

と竜人が言う。「というわけで明日、黒田と一緒に俺と愛美も唐津に行くから、フォローよろしく」

「はあ⁉」

怜たちが疑問の声を上げた瞬間、夜空に連続して花火が上がりはじめた。赤や青や黄色の光の鞠《まり》が現れては消え、少し遅れてどーんどーんと轟音が響く。火薬のにおいが浜辺に立ちこめ、見物客はいっせいに歓声を上げた。

にぎわいと花火の音に負けぬよう、怜たちは声を張りあげて会話した。

「なんで唐津に行くんだよ！」

「仲を深めるために決まってんだろ！」

「もう充分深まってるのに⁉」

「あたしは朋香と旅行するってことになってるから。ね！」

「うん、行ってきな！」

「新田《にった》、なんでそんなものわかりいいの！」

「受験生にも息抜きは必要でしょ。いいから花火見なよ！」

夜空に漂う煙が薄らぐまで、しばし花火の間が空く。

「おまえらよく喉がかれないな」

と黒田が感心したように言った。

「いや、かれた。花火見ながらしゃべるの、無理がある」

心平がペットボトルのお茶を飲む。

「俺らのことより、怜はどうなんだ」

と竜人が切りだした。「ほらその……、さっき台風が来たんだろ」

「怒っていいのか虚脱していいのかわかんなかった」

と怜が言うのと同時に、再び花火が上がりはじめる。

「よし！　その思いを夜空にぶつけろ！」

「なんで！」

「すっきりするかもしんねえだろ！」

「おまえら花火中にしゃべるのやめるんじゃなかったのか！」

「まあまあ、まあまあ！」

もうなにがなんだかわからなかったが、怒鳴りあううちにテンションが上がってきたのは事実

で、

「日帰り温泉無料券ってなんなんだよー！」

と怜は真っ赤な大輪の花に向かって叫んだ。

「おおー？」

一同が首をかしげるのにもかまわず、

「なりたいものなんてねえよ！　勝手なこと言うな！」

とつづける。いろんな鬱憤《うつぷん》がこみあげて、口が止まらなくなった。

「俺には唐津に一緒に行きたいひともいないし、夢なんかひとつもない！　ただ毎日なるべく平穏に生きてきたいだけなのに、なにが将来だクソが！　なんで歌とか漫画とか大人とかはすぐ夢の話《はなし》すんだよ、夢も希望もないのがそんなに悪いのかー!!!」

またもつかの間の静寂が訪れ、怜はレジャーシート上の一同からぱちぱちぱちぱちと拍手をもらった。

「すごく『青春』って感じだったぞ」

と藤島が感服したように言い、

「俺は将来、等身大の埴輪《はにわ》作りたいな」

と心平が朗らかに所信表明し、

「やっぱブルーハワイのほうがおいしい。そっちにすればよかった」

「そう？　イチゴも王道って感じでいいじゃん」

と愛美と朋香は感想を述べあった。竜人は黒田から、唐津でおすすめの定食屋を教わっている。

「創作物や大人がすぐ夢の話をするのは」

と丸山が静かに言った。「そのほうがなんとなく収まりがつくからだと思う」

「……まえからちょっと気になってたんだけど、マルちゃんなんでフィクションをそんな冷静にとらえてるの？」

「俺もはっきりした夢なんかないから」

丸山は湯気が消えてひさしいタコ焼きを食べた。「強いて言えば絵を描くことで生計を立てられればなあと思うけど、それも『夢に向かってがんばろう』的な圧力に負けて、無理やり自分に言い聞かせただけの目標みたいな気もするし」

なんてニヒルな姿勢だ。怜が花火に向かって叫んだせいで、丸山の虚無の箱が開いてしまったのだろうか。怜は少々責任を感じ、

「いや、でも、マルちゃんは絵を描くの好きだろ」

とおそるおそる尋ねた。

「まあ好きだよ。だから、仕事になるかはわかんないけど、なるべく穏やかに絵を描いて暮らしたいなと思ってる。そこは怜とおんなじだね」

海面に向かって金色の火花が滝のようになだれ落ち、その華やかさに見物客がどよめく。

「そっか。そうだね」

怜はつぶやいたけれど、丸山の耳には届かなかったかもしれない。

穏やかに暮らしたいだけ。怜も丸山も、たぶんこの浜辺にいるひとの多くも、突きつめれば願うことはそれだけなんだろう。でも、実現がむずかしいのもなんとなくわかる。怜はなにごとに

も心動かされることなく、淡々とやり過ごそうと努めているのだが、今日一日を取っても感情が乱高下してばかりだ。土産物屋がどうなるかも、受験がうまくいくかもわからず、毎日毎日不安や悩みは尽きない。

それでも暮らしていくしかないんだなと思うと、なんだか笑えてきた。こんなに先行きの見えないまま生きて死んでいったひとたちがこれまで大勢いて、いまもいて、これからもいるんだと考えたら、途方もない気持ちになった。勇気満タンで迷子になるみたいな、なんともとりとめのない気持ちだ。

地上の物思いなど一顧《いっこ》だにせず花火が上がる。夏の夜の空気のなか、うつくしいものを見て、みんなが笑いあっている。

それだけでいいのかもしれない。少なくとも、いままで生きてきたなかで一番の大声を出したおかげで、気分がちょっとすっきりしたのはたしかだ。我ながら単純だなと思いつつ、怜は最後にひとつ残ったタコ焼きに遠慮なく爪楊枝《つまようじ》を突き立てた。

その瞬間、ずっと昔にも同じように、浜辺で花火を見たことがある気がした。いや、遠い未来に起きることだろうか。とにかく魂が抜けでるような浮遊感を伴って、竜人たちとひとつのレジャーシートに収まり、夜空を見上げる光景が幻視された。なるほど、自分がもうとっくに死んでたとしても驚かない。これがマルちゃんの言う「不思議な感覚」か、と怜は思った。こわくはないし、いやな感じもしなかった。ただただ、さびしさに似た幸せの気配が心に満ちた。

大会はいよいよクライマックスとなり、息つくまもなくつぎつぎに大きな花火が打ちあげられる。餅湯は海以外の三方が山と岬に囲まれているうえ、風のない夜だったため、しまいには上空に淀む煙にさえぎられて、肝心の花火がよく見えなくなったほどだ。

怜は喧噪《けんそう》のなか、膝を抱えてシートに座り、「なにもこんなにがむしゃらに打ちあげなくても……」と笑いをこらえた。しかし、ほとんど狂騒状態といえる連発ぶりに、なんとか客を楽しませたい、また遊びにきてもらいたいという餅湯の必死さがうかがわれ、一瞬輝いては消えていく花火にこめられた思いが胸に迫ってもくるのだった。

観客は盛んに拍手を送った。興奮した心平はペットボトルのお茶をこぼし、藤島と黒田は夜空を指して笑顔で語りあい、丸山は光の花が重なりあうさまをスマホのカメラで撮影している。熱心に花火を眺める朋香の隣では、竜人と愛美が日なたの猫みたいに身を寄せあっていた。

花火大会が終わっても、白い煙は上空に漂い、火薬の香りが浜辺まで流れてきた。耳の底で鳴っているのが、花火の残響なのか波の音なのかわからない。なかなか覚めない夢のなかにいるような気持ちで、黙々とゴミをレジ袋にまとめる。

さて帰ろうかという段になって、黒田が漫画喫茶で夜を明かすつもりであることが判明し、

「遠いとこを来てくれたのに、それは悪いよ」

と怜たちは慌てて説得した。あいにく藤島旅館は花火のおかげで満室だったので、丸山の家に泊まるということで話がまとまる。

「バスは夕方の出発だし、明日は餅湯城に案内する」

と竜人が言った。「唐津に比べりゃしょぼいけど、景色はまあまあいいから」

「俺が作った土器が城の博物館に展示されてんだ」

心平は自慢げである。

「土器を？　おまえが作ったうえに、博物館？」

黒田はひとしきり首をひねったのち、愉快そうに言った。「やべえ、一個も意味わかんね」

窃盗犯が捕まってしばらく経つのに、まだ偽物を引っこめてないのか、と怜は餅湯博物館のいいかげんさにため息をついた。

丸山がレジャーシートを畳み、

「『餅の湯』って公衆浴場が帰り道にあるから、寄っていこう」

と黒田をうながして歩きだす。

駅のほうへ向かう人波に乗り、怜たちは商店街のアーケードをゆっくり進んだ。いまがかき入れどきと、ほとんどの店が閉店時間を遅らせて花火の客を呼びこんでいる。「もっちもっち、もちゆ～」と呑気《のんき》なテーマソングが音の割れたスピーカから垂れ流される。竜人は愛美を送っていくつもりらしく、佐藤干物店のまえを素通りした。人混みのなかに目ざとく息子の姿を発見した竜人の父親が、

「おいこら、手伝え竜人！　はいアジの干物セット、まいど！」

と雄叫びを上げた。それを見ていた心平が、

「新田さん、送ろうか」

とキメ顔で申しでて、

「げ」

の一音で切り捨てられた。

「餅の湯」のまえで、「また明日」と丸山と黒田と別れた怜は、竜人たちとも軽く手を振り交わ

し、「お土産　ほづみ」に足を向けた。ワゴンを覗きこんでいた若いカップルに、

「いらっしゃいませ。温泉饅頭《まんじゆう》、おすすめです」

と声をかけ、店に入る。めずらしくレジに短い列ができていて、寿絵が対応にあたっていた。

「あら、あんた帰ってきたの」

「うん、ただいま。明日また桜台に帰るけど」

「気ぜわしい子ねえ」

「いいから手ぇ動かせよ」

怜もレジに入り、寿絵の隣に立って、会計のすんだもち湯ちゃんストラップを小さな紙袋に収めた。

「ありがとうございました。おつぎのかた、どうぞ」

餅湯温泉饅頭五箱が差しだされ、最近ではめずらしい大量買いにレジを打つ寿絵の指も軽やかだ。もっちもっち、もちゆ〜。怜は思わずくちずさみ、大きい紙袋はどこにあったっけとレジ台の下にしゃがみこむ。もっちもっち、もちゆ〜。

歌うな、と寿絵に腿《もも》で肩を小突かれ、怜は笑った。咳払いして無理やりメロディーを切りあげたが、表のスピーカーは「もっちもっち、もちゆ〜」を絶賛リピート中だ。いくら真面目《まじめ》な接客に努めても、あまり説得力がない。

まあいいか。哀しい歌《エレジー》よりはこっちのほうが餅湯の町に似合うもんなと思いながら、怜は埃《ほこり》をかぶった紙袋を振るった。

初出
「小説推理」二〇一九年一一月号～二〇二〇年六月号
書籍化にあたり、加筆・修正をしました。
作品内の人物名・団体名はすべて架空のものです。

装幀　田中久子
装画　嶽まいこ

三浦しをん　みうら・しをん

一九七六年東京都生まれ。二〇〇〇年『格闘する者に○』でデビュー。〇六年『まほろ駅前多田便利軒』で直木賞、一二年『舟を編む』で本屋大賞を受賞。一五年『あの家に暮らす四人の女』で織田作之助賞、一八年刊行の『ののはな通信』で島清恋愛文学賞と河合隼雄物語賞、『愛なき世界』で日本植物学会賞特別賞を受賞した。他の小説に『ロマンス小説の七日間』『風が強く吹いている』『光』などがあり、エッセイや共著も多数ある。

エレジーは流《なが》れない

二〇二一年四月二五日　第一刷発行

著者　三浦しをん
発行者　箕浦克史
発行所　株式会社双葉社
〒162−8540
東京都新宿区東五軒町3−28
電話　03−5261−4818（営業）
03−5261−4831（編集）
http://www.futabasha.co.jp
（双葉社の書籍・コミック・ムックが買えます）

印刷所　大日本印刷株式会社
製本所　株式会社若林製本工場
カバー印刷　株式会社大熊整美堂
DTP　株式会社ビーワークス

落丁・乱丁の場合は送料双葉社負担でお取り替えいたします。「製作部」あてにお送りください。ただし、古書店で購入したものについてはお取り替えできません。
［電話］03−5261−4822（製作部）
定価はカバーに表示してあります。

ISBN978-4-575-24397-0 C0093

好評既刊

仏果を得ず

三浦しをん

高校の修学旅行で人形浄瑠璃・文楽に魅せられた健は、人間国宝の銀大夫を師匠に、義太夫を極めるべく情熱を傾ける。だが、思いがけず恋に落ち、芸に悩む健は――。若手大夫の成長を描いた青春小説の傑作。〈双葉文庫〉

好評既刊

あやつられ文楽鑑賞　三浦しをん

「この本は、文楽観劇のド素人であった私が、いかにしてこのとんでもない芸能にはまっていったかの記録である。」と著者が語る文楽エッセイ。文楽ビギナーの気後れを取り払い、ベテラン見巧者をうならせる。〈双葉文庫〉